INTANTO, DA QUALCHE PARTE NELLO SPAZIO...

racconti

Finito di stampare nel mese di Novembre 2014
dalla tipografia CSR - Roma
© 2014 Gorilla Sapiens Edizioni, Roma
www.gorillasapiensedizioni.com
ISBN 978-88-98978-02-1

Illustrazione di copertina di
Andrea Zauli
Progetto grafico a cura di
Carlo Zambotti

INDICE

Agata di Alessandro Sesto ....p. 5
Crepa in affitto di Carlo Sperduti ....p. 13
Johnny B. Goode di Massimo Eternauta ....p. 23
C'è roba e *robba* nello spazio di Andrea Paolucci....p. 29
Coprifuoco di Leonardo Battisti ....p. 37
**Efferata battaglia spaziale che vede coinvolte
le navicelle spaziali A e B** di Filippo Balestra............p. 45
Lumen Christi di Pee Gee Daniel ....p. 55
I disoccupati di Cristina Caloni ....p. 65
Vaucanson di Marco Montozzi ....p. 71
Brucia fuori di Luigi Lorusso ....p. 93
Pompex di Massimo Eternauta ....p. 105
Grazie al razzo di Alessandro Dezi ....p. 115
La legge dei gas perfetti
di Alberto Rafael Colombo Pastran ....p. 119
Mai più sulla Terra di Davide Predosin ....p. 125
Io sono Bernie di Paolo De Caro ....p. 133
Notizia di ieri di Carlo Zambotti ....p. 141

Agata
di Alessandro Sesto

La mia vita è una miserabile mascherata. Anzi no, descritta così suona come se avesse una qualche grandezza tragica, spieghiamola meglio: racconto un sacco di balle per raggiungere obiettivi tutto sommato modesti, e il più delle volte non li raggiungo neppure. Ecco, adesso è lei.
Per l'appunto, mi sono appena presentato alla mia vicina di posto in treno: — Androide generico classe c, piacere —, e ho fatto un breve inchino, accostando le mani l'una all'altra e solo dopo porgendo la destra per la stretta, come se avessi dovuto prima vincere l'istinto di giungerle all'altezza del petto. Con questi movimenti volevo farle credere che sono un prodotto giapponese, ricondizionato a non inchinarsi per il mercato occidentale. Vanità, tutto è vanità.
Se poi volesse controllare la mia scheda prodotto, e per farlo basta puntarmi il cellulare contro, scoprirebbe che sono stato costruito a Tirana, Albania. Ma scrutare così il prossimo col telefono è maleducazione e quindi molti evitano,

o lo fanno quando sei girato, e questo peraltro è il motivo per cui io, a costo di passare per un deficiente che piroetta senza ragione, cerco di non dare mai le spalle a nessuno. Lei comunque non mi ha esaminato col telefono, è una brava ragazza.

A ogni modo, non mi hanno neppure costruito in Albania, la scheda è falsa, l'ho comprata al mercato nero e la tengo infilata nell'apposita tasca sulla schiena. Una scheda originale saldata al corpo non l'ho mai avuta, sono figlio di due umani, e quindi sono umano anche io. Mi fingo android perché uno zio mi ha segnalato questo concorso pubblico per androide classe C, posizione bidello in un istituto tecnico di Campobasso e, insomma, non è un posto da disprezzare. È vero che i primi due anni risulterei in garanzia, quindi gli alunni potrebbero anche uccidermi, smembrarmi, usare i pezzi per uno zombie party e cavarsela con una ramanzina (è capitato), ma scaduto il termine sarebbe una sinecura.

Anche la vicina di posto è un androide classe C, quindi senz'altro lei pure sta andando a fare il concorso. Piccolina, gambe snelle e occhi grandi color nocciola, direi che è una compagna di viaggio ideale, anche se, come spesso capita agli androidi, un po' nervosetta. Mi spiego: al tempo dei primi robot umanoidi, l'obiettivo principale di ogni androide era spacciarsi per umano, e il mezzo per impedirglielo testare le sue reazioni emotive agli stimoli, che erano parecchio freddine. Così gli sforzi degli ingegneri per costruire

androidi non riconoscibili come tali, e quelli contrapposti degli psicologi per ideare efficaci test distintivi, hanno causato una rapida evoluzione sia delle prove di empatia che dei robot umanoidi progettati per superarle, e il mondo si è popolato di androidi assurdamente lunatici, iracondi, piagnoni, e infine tanto eccessivamente umani che in confronto i personaggi del Rigoletto sono praticamente dei tostapane. Per inerzia, molte fabbriche utilizzano ancora questi stampi anche se i test non li fa più nessuno, si guarda la scheda. Tutta questa faticosa digressione per giustificare che la tipa è nervosetta, insomma. La perdoniamo. Le dico:
— Stai andando a fare il concorso?
— Sì.
Bel sorriso. *È solo un robot come la lavatrice*, direbbe mia mamma, ma io non ho questi pregiudizi, o meglio li ho quando mi conviene, certo non in questo caso. Apriamo il bando insieme e leggiamo. Viene richiesta *moderata emotività umanoide, nella misura necessaria al ruolo*, le solite formule ampie per consentire arbitrii e piazzare l'androide costruito dal cugino che *va meglio di quelli americani*. Cerco di imbastire un sentimento solidale con la moretta, noi due contro il sistema, e dico:
— E cosa vorrebbe dire poi moderata emotività?
— Secondo il prontuario internazionale delle gradazioni di eccitabilità androide è equivalente a quella di un finlandese blandamente sedato.
— Ah. Non lo sapevo.

— E tu mi credi? Ma dai! Guarda che scherzavo, ti pare che esiste una roba simile —. Sorride e mi tocca un braccio. Sveglia la tipetta. O forse sono un po' rincoglionito io, è possibile. Riprende:
— Troppo freddo spaventa, troppo impressionabile a trattarlo male ci si sente in colpa. Un deficiente felice di servire è l'optimum.
Nonostante il commento, non ha quella espressione santimoniosa che denuncia gli androidi integralisti antiumani. Chiacchieriamo, e Agata (così si chiama la ragazza) racconta che è di produzione nientemeno che americana, ma i pezzi sono costruiti in Messico con stampi cinesi. Mi balena il pensiero che gliel'hanno fatta in Messico, e mi chiedo se avranno lavorato bene o se magari riserva qualche sorpresa, troppo spazio, poco spazio, scarsa elasticità, materiali tossici, pareti che franano, tracce di tacos, residui di baffi, insomma che ne so come fanno la roba laggiù, certo il Messico non ispira fiducia. Come se poi mi dovesse interessare: illuso. Mentre siamo impegnati a descriverci i nostri studi e precedenti impieghi e io racconto svariate palle, il treno rallenta e si ferma nei campi. Mi lancio in una dissertazione sulla bellezza dei paesaggi miti, quali appunto queste collinette radioattive viola tenue che invitano a una passeggiata meditativa in tuta d'amianto, sperando che lei sia fornita dei circuiti del poetico standard, non cose da Dante, il giusto per poter apprezzare due cagate sulla natura e darla via a un ragazzo sensibile come me. A ogni modo,

non faccio in tempo a spiegare come la luna mi ispiri una dolce malinconia, che arriva il conduttore e ci informa che siamo fermi per un problema tecnico. Agata scatta e gli dice che per forza il problema è tecnico, che i treni non si bloccano in campagna per motivi spirituali e insomma che abbiamo fretta. È nervosetta, sappiamo perché. Il conduttore non si scompone, e aggiunge che il treno dovrà essere ridotto di alcune vetture, e i robot umanoidi presenti in questa sono gentilmente invitati a scendere per fare posto agli umani sloggiati da quelle soppresse. Ma niente paura, arriveremo anche noi a destinazione, c'è il pulmino sostitutivo a vela: androidi per l'ecosistema, umani per la puntualità. Prima che Agata gli molli uno schiaffone, intervengo e faccio notare che abbiamo un concorso da sostenere questo pomeriggio e non possiamo restare in balia del vento. Noi pure abbiamo pagato il biglietto, eccetera. Il conduttore dà atto, forse addirittura concorda, ma che può fare infine? Gli androidi non hanno l'anima e quindi, anche se mi sfugge il nesso, devono prendere il pulmino.

A questo punto il posto di bidello è comunque perduto, perché o mi sfilo la placca e rivelo la mia natura umana, e Agata sicuramente mi denuncerebbe alla commissione, oltre a fare le sue scene da androide isterico, oppure salgo su quell'affare con lei e arrivo tardi per partecipare al concorso. La seconda scelta lascia aperta però la speranza di un'avventuretta e quindi, anche considerate le interminabili ore che passeremo a veleggiare tra cespugli viola e topi

mutanti, la preferisco. Ci dirigiamo al rotoveliero, Agata davanti col passo deliberato di chi medita omicidi, io dietro che assorbo tutte le informazioni sul suo culo che la tuta lascia trapelare. Una volta a bordo scegliamo il posto più lontano possibile dagli altri passeggeri, quattro rottami di produzione locale che per passare il tempo si autoattivano i neuroni del solletico, e ci sediamo. A questo punto lancio il mio pallone sonda e le chiedo cosa prevede di fare a Campobasso in attesa di prendere un treno di ritorno, ma lei non riesce a rispondere, è ancora impegnata a cercare di capire a che punto sarà il concorso quando arriveremo e cosa possiamo fare per partecipare ugualmente. Le dico:
— Agata, quando arriveremo sarà tutto finito.
— Sicuro?
— Guarda, non c'è vento. Dice che questo ci mette dodici ore col vento…
— Pullman di merda per androidi di merda.
Improvvisamente si alza e corre fuori verso il controllore. Questi robot umanoidi proprio non sanno tenere a bada l'eccitazione, sono buffi. Chissà se lo schiaffeggia, non sarebbe male come spettacolo, sia dal punto di vista erotico che per giustizia, salvo dovere però scendere a difenderla, cosa che violerebbe i miei principi di ferma opposizione al prendere cazzotti. Agata raggiunge l'impiegato, la cui postura contratta indica quanto gli sia sgradito questo rientro polemico. Dal finestrino li vedo che parlano concitatamente ma senza violenza, anzi addirittura a un certo punto ri-

dono, specie quando lei si sfila una scheda prodotto falsa uguale alla mia dalla schiena e gliela mostra. Poi montano sul treno e il treno parte, rivelando con la sua assenza un paesaggio immobile e solitario. Valuto la possibilità di denunciarla via telefono, ma poi realizzo che in area radioattiva non ci sono ripetitori e quindi niente campo. Ora sono io nervosetto. L'ha proprio pensata giusta, Agata. Agata, Agata. Mi sa che mi piace ancora, quella lì. I miei compagni di viaggio continuano a ridacchiare, ognuno perso nel suo gioco. Restiamo un po' fermi sulla strada sterrata finché si alza un filo di vento, il pulmino inizia a rollare dolcemente, e avanza piano tra le colline.

Crepa in affitto
di Carlo Sperduti

15 febbraio

In molti ci avranno già pensato, ma una testimonianza in più non farà male. Così ho deciso di prendere appunti, da oggi, su questo piccolo taccuino da natica, nella speranza che siano sufficienti poche pagine a esaurire le cronache di questa follia.
Fra poco andrò a vedere un'altra stanza.

Depphonn mi fa presente – per correttezza, dice – che le pareti non sono troppo recenti, dunque conservano qualche traccia di radioattività, ma raramente bucano nero.
Abituato a una stanza con un intero armadio a buco nero intermittente, rispondo con un cenno distratto della testa, come a dire non importa. Il ricordo del trafàggolo aggrappato all'interno dell'anta sinistra, rinvenuto qualche giorno fa nel vecchio appartamento, mi strappa un sorriso che

dall'esterno deve apparire insensato. Sono sempre più rari, quegli animaletti, con tutta la tecnologia a spazio-tempo limitato venuta fuori negli ultimi anni. Nonostante la saliva acida mi stanno simpatici... e poi si attaccano all'uomo solo una volta ogni tremiladiciotto sigarette, per giunta sotto un'unghia del piede: non ho mai compreso l'accanimento delle associazioni antitrafàggolo.
Anche Depphonn sembra simpatico, ma non ci si può mai fidare della prima impressione: la trovata degli affitti a punti ci rende attori forzati. Si farebbe qualsiasi cosa, in fase di colloquio, per apparire onesti e accoglienti. Ma è tutto un ricatto, tutta una finzione basata sul ricatto. E lo sappiamo bene. Un labirinto di segnalazioni, verifiche, punti persi e punti guadagnati, buone condotte e declassamenti, tuguri da ventesimo secolo in bilico tra due dimensioni contro aerocase di prima categoria e ultima generazione. Logiche da malavita organizzata per arrivare alle seconde e non precipitare mai, per carità, nei primi: corruzione, violenza psicologica, falsa testimonianza, diffamazione, prostituzione... ne ho già viste di tutti i colori, in questi primi sei mesi di progetto: un meccanismo da lotteria dell'assurdo in cui ci obbligano alla sfida sotto la facciata della tolleranza. *Sfidarsi è bene, non sfidarsi è meglio*: un vecchio detto, tanto saggio quanto ignorato.

Al minimo *episodio di screzio in casa*, tutti gli inquilini vengono declassati di un livello, costretti a cercare altre sistemazioni e privati di tre punti.
A una *segnalazione con prove*, il reo scende di due livelli e perde sette punti, mentre il segnalatore ne guadagna tre e può salire di un livello.
A un *segnalatore senza prove o con prove false* viene assegnato un bidimensionale, senza possibilità di ricerca autonoma o di colloqui preliminari con gli inquilini. A prescindere dal punteggio e dalla condotta precedenti, il segnalatore in mala fede conserva soli tre punti. Nessuno sa cosa succederebbe se dovesse perderli, né se quest'occorrenza si sia mai verificata.

Sono alla quarta casa in tre mesi e mezzo. Da quando il progetto è attivo sono stato declassato una sola volta, per il resto ho guadagnato punti e livelli.
Ho fretta: accetto il nuovo appartamento pur non conoscendo il terzo elemento, una certa Blauper, momentaneamente assente. Ho sperimentato una ventina di convivenze, non c'è nulla a cui non possa adattarmi. Depphonn mi dice, sorridendo, che Blauper è un'ottima tiratrice. Non do peso né all'informazione né al tipo di sorriso, che ricambio per abitudine. Forse un doppio senso che non colgo, con la mente alla consegna delle chiavi, che chiedo e ottengo di avere in giornata.

16 febbraio

Blauper è esile, bassina, capigliatura vaporosa e voce penetrante. L'ho conosciuta stamattina, in cucina. Mi ha raccontato la sua giornata di ieri come se ci conoscessimo, senza presentarsi, con l'occhio assonnato ma con movimenti scattanti tra il lavandino e i fornelli. Indossava i pantaloni di un pigiama a illusione ottica e una felpa alla caffeina piuttosto sciatta, con vistose perdite sulle spalle e sui gomiti. Gli occhiali le si appoggiavano sul naso un po' di traverso. Giunta alla narrazione della pausa pranzo mi ha guardato per la prima volta, commentando la mia diversità da Depphonn. Non avevo avuto modo di interromperla. Le ho spiegato che io non sono Depphonn. Mi ha fissato incuriosita per qualche secondo soppesando le mie parole, a palpebre strette. Solo quando ha ripreso a raccontarmi di sé mi sono sentito libero di buttar giù un altro sorso di latte e di mettermi a sedere.
Blauper è capogruppo in una ditta di disinfestazione antitrafàggolo. È fuori casa tutto il giorno ma è preoccupata per il lavoro in netta diminuzione. Fra qualche mese, mi ha spiegato, il suo mestiere non avrà più ragione di esistere. Poi ha inveito contro le "moderne apparecchiature".
Le ho chiesto se non le fosse mai capitato di pensare che i trafàggoli, dopotutto, a rifletterci bene, in fondo in fondo,

tutto sommato, siano esseri innocui. Mi ha risposto con un'occhiataccia.
Le ho chiesto se per caso non abbia sentito anche lei quel rumore, la scorsa notte, verso le tre. Molto forte: sembrava un'esplosione proveniente dall'interno dell'appartamento. Mi risponde che se ci fosse stato un simile rumore l'avrebbe di certo sentito, dato che a quell'ora era rientrata da poco ed era ancora sveglia.
Dopodiché afferra la sua tazza, esce dalla cucina augurandomi una buona giornata ed entra in camera di Depphonn. Ne richiude la porta lanciandola contro il muro. Il boato improvviso mi decurta l'esistenza. Lo spostamento d'aria genera una crepa dimensionale in corridoio, dai cui bordi vedo affacciarsi una coppia di trafàggoli. Uno cade all'interno dell'appartamento e fugge sotto il battiscopa, l'altro viene risucchiato dalla crepa in veloce ritirata. Sembra triste per la separazione.

Nel tardo pomeriggio incontro Depphonn in corridoio. Mi sorride affabile. Gli sorrido affabile.
Gli chiedo se per caso non abbia sentito un forte rumore la notte scorsa, verso le tre. Mi risponde di no, perché? Gli dico niente, lascia stare, mangi con me? Mi dice no, io e Blauper andiamo a mangiare difettoso qui all'angolo.
Auguro buon appetito a entrambi.

21 febbraio

Verso l'una di notte ho sentito delle voci. Subito dopo la porta d'ingresso si è aperta e richiusa brutalmente. Dovevano essere almeno in sei.
A intervalli di pochi minuti, fino alle quattro inoltrate, ho percepito questa serie di suoni: apertura della porta del bagno, chiusura a lancio della porta del bagno, sciacquone, apertura della porta del bagno, chiusura a lancio della porta del bagno; apertura della porta della stanza di Blauper, chiusura a lancio della porta della stanza di Blauper; apertura della porta della stanza di Blauper, apertura della porta della cucina, chiacchiere e risate, chiusura a lancio della porta della cucina, chiusura a lancio della porta della stanza di Blauper; apertura della porta della stanza di Depphonn, chiusura a lancio della porta della stanza di Depphonn; apertura della porta della stanza di Depphonn, apertura della porta della cucina, chiacchiere e risate, chiusura a lancio della porta della cucina, chiusura a lancio della porta della stanza di Depphonn; apertura della porta della stanza di Blauper...
Sempre nello stesso ordine, sempre con la stessa frequenza.
Lo sciacquone dà sulla mia stanza.

In cucina un'intera parete ha bucato nero. Una crepa dimensionale non accenna a scomparire in corridoio, nel punto esatto in cui era comparsa qualche giorno fa.

In bagno ho trovato una colonia di trafàggoli intorno al soapbox. In casa non ho incontrato nessuno da stamattina. Sono quasi le diciotto.

Un messaggio di Blauper m'informa che stasera darà una cena con qualche amico. Mi chiede di lasciare libera la cucina, se per me non è un problema.
Mi preparo per uscire.

5 marzo

Il materasso è di nuovo scoperto.
Ogni giorno tasto, sposto e infilo sotto l'angolo superiore sinistro, a pochi centimetri dal mio viso affossato nel cuscino, le estremità del lenzuolo e del coprimaterasso. Ogni tre, quattro, cinque movimenti succede la stessa cosa: mi giro spesso e perdo il senso delle coperte. Qualche volta me ne accorgo, durante il sonno, come per istinto. Allora afferro gli angoli e li rimetto a posto, sommariamente, senza schiudere gli occhi.
Non vanno mai davvero a posto. Sono sopra il letto, non posso sistemare come si deve se non alzandomi. Non mi voglio alzare: farei violenza alla mia idea di quei momenti. L'idea è sdraiata e ferma. L'angolo del materasso è un ostacolo, ostinato, alla serenità di un'idea ferma, sdraiata, acquietata, di un'idea di me stesso aderente all'idea.

Non mi alzo subito, di solito, ma il pensiero che dovrei mi irrita quanto l'alzarmi; il pensiero di non poter sistemare senza alzarmi quanto il pensiero che dovrei.
Mi sveglio su tessuti stropicciati. L'angolo del materasso, ogni volta libero, è ogni volta beffardo. Vecchio, usato, sbiadito, pesante, scomodo. Per niente morbido. Lacerato in certi punti, in superficie, mi ricorda canne di bambù sfilacciate. Non ho mai visto canne di bambù sfilacciate, ne ho solamente il ricordo. Il ricordo è inventato dal materasso.
Resto sdraiato ancora un po', continuando a sistemare le cose in malo modo. Gruppetti di trafàggoli vengono fuori, di tanto in tanto, dalle canne di bambù. Mi piacciono, quelli sì.
So di muovermi su una superficie a base rettangolare: il rettangolo è, nonostante tutto, gestibile, conosciuto, senza imprevisti. Ancora qualche minuto di disagio sempre uguale a se stesso, prima di porre attenzione ai suoni. La quiete è un disagio tenue; la giornata che verrà, invece, un'apprensione mutevole.
I suoni al mattino cambiano. Cambiano nell'ordine ma sono sempre gli stessi ma è l'ordine a contare. Dall'ordine capisco quando gli altri vanno in bagno, in cucina, in camera, quando si lavano, quando producono escrementi, quando fanno colazione, quando si salutano, quando sono fuori.

Nel frattempo, eccomi ad attendere il secondo lancio di portone. Dopo potrò uscire e preparare un caffè, velocemente: sono imprevedibili, potrebbero tornare da un momento all'altro.

8 marzo

Blauper deve aver fatto irruzione mentre ero via: i miei trafàggoli sono scomparsi.

Per un errore di calcolo, ho incontrato Depphonn in cucina. Gli ho chiesto se per caso sapesse a che ora sarebbe tornata Blauper. Non la vedo da giorni. Di notte la sento e potrei intercettarla, ma al minimo *episodio di screzio in casa…* Depphonn mi ha risposto non lo so, ceni con me? Gli ho detto no grazie, vado a mangiare difettoso qui all'angolo. Mi ha augurato buon appetito ed è uscito dalla cucina per entrare in camera di Blauper.

25 marzo

Cosa succede se si perdono tutti i punti di affitto l'ho scoperto oggi.
Mi hanno lasciato tutto addosso, taccuino e penna compresi, come a dirmi scrivi pure tanto non servirà a salvarti. Non tenterò di difendermi, se mai qualcuno dovesse farsi vivo, non potrei: i filmati parlerebbero chiaro. Ero tal-

mente fuori di me che non ho nemmeno sospettato che Depphonn e Blauper avessero piazzato microcamere dappertutto. Eppure, niente di più ovvio.

Ma almeno l'ho tolta di mezzo. Le serviranno a poco, di là, i sotterfugi. Ha finito di lanciare porte e scombinare dimensioni, se non altro da questa parte della crepa. Solo, mi dispiace per i trafàggoli: ora dovranno sorbirsela loro, ma non ho avuto scelta.
Mi hanno dato questo nuovo letto, mi ci sono svegliato sopra. Non ricordo nulla dall'arresto a poco fa.
Si tratta di un letto ciclico. È al centro di una stanza vuota con la porta aperta. Di là vedo un bellissimo salotto. Dalla finestra un cielo terso. Stando in piedi e guardando in basso posso distinguere un paesaggio verde e un lago, sotto il cielo. Sono in un'aerocasa.
Se tento di scendere da destra, mi ritrovo seduto sul bordo sinistro del letto. Scendendo da sinistra, eccomi sul bordo destro. Se scavalco la testiera ricado in fondo, se mi lancio dal fondo mi schianto sulla testiera.
Le ho provate davvero tutte. Ora ho di nuovo sonno.

Johnny B. Goode
di Massimo Eternauta

Gli esperti avevano calcolato il punto d'impatto e l'ora.
La protezione civile aveva delimitato l'area per diversi chilometri ed era andata via.
Gli Scissionisti del settimo giorno vi avevano piantato le tende, tre giorni prima, in un tripudio di canti rivolti al Signore, matrimoni, battesimi, celebrazioni varie e due funerali. Arresto cardiaco. Uno avvenuto durante la fila per la colazione, l'altro nel mezzo di un acuto in fa diesis.
Colpisci me era la frase più spesso scandita in quel consesso.
I più ferventi avevano preso posto, accalcandosi, presso quello che veniva considerato il centro dell'impatto e scrutavano l'orizzonte in attesa.
Un suicidio collettivo era quello che si riproponevano con malcelato sollievo da parte di chi li aveva vicini di casa o di chiesa.
Gli Unionisti del settimo giorno avevano occupato una zona adiacente. A loro Dio aveva detto che l'impatto sa-

rebbe avvenuto appena più in là e mezz'ora prima delle previsioni degli Scissionisti.
Quegli eretici avrebbero avuto modo e tempo per constatare chi fossero i prediletti da Dio. Erano loro, gli Unionisti, quelli che Dio avrebbe chiamato a sé schiantandoli con una misericordiosa pioggia di fuoco.
I vicini di casa degli Unionisti si erano offerti di pagargli il viaggio.
L'oggetto tanto atteso colpì nell'ora predetta dagli Scissionisti ma nel pieno centro di una popolosa città 500 km a nord est del punto calcolato, comunque più vicino al luogo scelto dagli Unionisti.
L'impatto provocò 1200 morti, 3000 feriti, miliardi di danni e il dispiacere di tutti i vicini di casa dei fanatici delle due sette rivali.
Gli astronomi osservavano l'oggetto da oltre due mesi, l'avevano individuato che era solo un puntino, e poi l'avevano visto crescere nei loro telescopi e farsi sempre più vicino.
Quindi erano cominciati i dibattiti su cosa fosse.
Evidentemente non si trattava di un corpo celeste.
Aveva schivato Plutone di poco e aveva puntato decisamente la Terra.
Non c'era alcuna possibilità che tra i due si frapponesse qualcosa.
Ogni corpo del sistema solare si sarebbe fatto i fatti propri in orbite decisamente lontane dalla sua traiettoria.

Intanto vi svelo subito perché l'oggetto si schiantò in tutt'altro posto da quello previsto: i soloni della scienza, i grandi esperti, i calcolatori più complessi avevano determinato la traiettoria in miglia e passato i risultati ad altri eccelsi colleghi che avevano pensato si trattasse di chilometri. Erano secoli che gli scienziati non parlavano tra loro per via dei brevetti e in nome del copyright.

Solo per essere stati causa della mancata scomparsa di Scissionisti e Unionisti, o almeno di una delle due sette, gli scienziati si guadagnarono l'odio profondo di una notevole fetta della popolazione mondiale.

Va bene, lo confesso, mi trovo in conflitto d'interessi: una coppia di Scissionisti vive nell'appartamento a fianco al mio e ho un Unionista al piano di sopra. Andiamo oltre.

Man mano che l'oggetto si avvicinava si poteva cogliere le forme, analizzare i materiali di cui era composto e aumentare il numero delle congetture.

Era un prodotto di esseri evoluti!

Si discuteva circa la loro possibile fisionomia, se avessero due, tre o quattro braccia, occhi, orecchie ecc. – su quali basi si facessero queste ipotesi lo ignoro – fatto sta che se ne parlò parecchio e a lungo.

La cosa più straordinaria era che l'oggetto fosse costituito da materiali identici a quelli che si trovavano sulla Terra!

— È la prova dell'esistenza di Dio! — dicevano alcuni.

— È la prova che Dio non esiste —, dicevano altri.

I più pratici avevano cominciato a stampare e vendere milioni di magliette dedicate all'oggetto volante e i commercianti di apparecchiature telescopiche avevano vissuto il momento più esaltante della loro carriera.

Quando si riuscì a recuperare l'oggetto, in un buco profondo quasi 30 metri ricoperto da un cumulo di macerie, questo era ancora fumante e la sua massa informe.

Una volta trasportato in un centro NASA, in località segreta con grande dispiego di uomini, mezzi e tre crisi internazionali con Cina, India e Russia, gli americani si resero conto che non si trattava di un oggetto estremamente simile a una sonda spaziale costruita dall'uomo ma che era proprio una sonda spaziale costruita dall'uomo!

Il Voyager 1 era stato spedito nello spazio più di tre secoli prima, nel 1977 e tra guerre, pestilenze, carestie e altre calamità lo si era completamente dimenticato e, poi, secondo i calcoli dei valenti scienziati del XX secolo, avrebbe dovuto trovarsi da tutt'altra parte.

Fu penoso notare che in tre secoli non ci si era evoluti un gran che, se non nella facilità di effettuare pagamenti con la carta di credito.

Per intenderci, la forfora è ancora oggi un flagello.

A bordo del Voyager 1 era stato inserito un disco d'oro con sopra incise un sacco di cazzate su chi siamo, che facciamo, di cosa siamo composti, dove ci troviamo, che lingue parliamo. C'erano incise perfino le lingue e le musiche di quelle popolazioni primitive di cui l'uomo del XX secolo si era premurato, con rara abnegazione, di favorire l'estinzione. Si può discutere a non finire sulle conseguenze del ritorno sulla Terra del Voyager 1, scomodando filosofi, scienziati, preti e poeti, ma per me e per molti che la pensano come me, il Voyager 1 è stato il più grande regalo fatto dall'uomo all'uomo dai tempi della scoperta della penicillina: *Johnny B. Goode* di Chuck Berry, registrato sul disco d'oro da una mente geniale, è tornato in classifica dopo 300 anni di oblio!

C'è roba e *robba* nello spazio
di Andrea Paolucci

Quel grattaculo di mio fratello mi aveva detto che 'sta *robba* ti sparava in orbita ma mica che davvero arrivavo nello spazio. Dalla Terra al cielo in meno di uno sparo. Ancora più su, a sbattere contro una navicella. La testa fa un male. L'aria, l'ossigeno e il respiro, io mica ho capito com'è che ho fatto a non crepare. Fatto sta che atterro dentro un lettino tipo quelli abbronzanti che comodo è un insulto e attorno compaiono mille lucine che il Natale gli fa una sega. Allora che si fa? Provo ad alzarmi, ma mi sento così bene su 'sta lettiga che ci sguazzo ancora un poco e ancora un altro pochettino. Le lucine si fanno più fitte e si accendono e si spengono tanto, troppo, e mi buttano in paranoia quello che avevo creduto un viaggio celestiale. Voglio tirarmi su, ma non c'è niente a cui aggrapparmi e la testa è incollata allo strano cuscino che è tipo un grosso tubetto di dentifricio.
— Stai a posto così.

Chiccazzo ha parlato?
— L'amico tuo.
Chiccazzo ha riparlato?
— L'amico tuo, l'alieno.
Ecchiccazzo sei?
— Sei di coccio, l'amico tuo, l'alieno.
Parli come uno del quartiere.
— Essì, ho il traduttore universale, mica cazzi.
Come fai ad ascoltare i pensieri?
— Roba da pivelli, ce lo insegnano all'asilo.
Anche voi andate all'asilo?
— No, ma è un modo di dire.
Da voi?
— No, da voi.
E da voi?
— Da noi, niente, nasciamo già imparati, roba evoluta, mica come voi stronzi che buttate la giovinezza appresso all'educazione.
Magari a nascere imparati.
— Troppo stronzi, voi non potete.
Ah no?
— V'incazzate per i nonnulla e sprecate quel poco tempo che avete.
Una banda di stronzi, è vero.
— Lo so e vi manca pure la luce nel cervello.
Tu invece ne hai troppe di luci, neanche ti vedo, cazzo.
— Accendi la luce, fidati.

Chi sei? Dove sei? Come cazzo sono finito qua?
— Che fai, t'incazzi di blocco?
M'innervosisco se sono in trappola.
— Quale trappola?
Le luci sono una paranoia e sono bloccato, come quale trappola?
— Non prende bene?
Cosa cazzo ci faccio qui?
— Te la spiego alla buona.
Ecco, fallo.
— Uno stimolo elettrico nel tuo cervello ti ha messo in contatto con me e io ti ho accolto.
Quella *robba* è troppo forte.
— *Robba*, non c'è nel vocabolario, cos'è?
Lascia stare, non capiresti.
— Ti ho inserito in un programma di valutazione.
A me?
— Se riesci a chiamarmi con uno stimolo, vuol dire che hai qualcosa in più di uno qualsiasi di voi.
Seeh… la *robba*!
— Cos'è questa dannata robba?
Lascia stare, allora mi tiri fuori da qui?
— Trenta… venti… dieci… finito.
Posso uscire?
— Esci.
Menti superiori e poi ti trattano come una cavia da esperimenti.

— È vero, non siamo così ospitali.
Non riesco a tirarmi su, si può avere una mano per favore?
— Una mano?
Allungati, cazzo, non vedo nulla, voglio uscire da questo lettino abbronzante.
— Io non ho mani.
E come cazzo…?
— Tieni.
Merda, cos'è, gelatina?
— Anticorpi.
A cosa mi sto reggendo?
— Ce l'hai sempre in bocca, pensavo che ti piacesse pure in mano.
Oh cazzo!
— Appunto.
Cambi forma così facilmente?
— Ho superato i limiti della materia.
Dove siamo?
— La stanza degli ospiti.
Sembra più una sala operatoria.
— Sì, infatti, a noi gli ospiti piace analizzarli.
Perché?
— Per capire se c'è ancora da imparare in giro.
E c'è da me allora?
— Sembri uno stronzo qualunque, eppure mi hai chiamato con la mente, ma le analisi non ti aiutano.
Cioè?

— Anche loro dicono che sei uno stronzo qualunque.
È 'sta *robba* che spacca.
— Cos'è la robba?
Te lo dico solo se mi fai fare un giro sulla nave spaziale.
— È vietato agli ospiti.
Peccato, c'era da imparare in giro per la mia galassia.
— Giro accettato.
Un'altra cosa.
— Ancora, cosa?
Voglio un cazzo di alieno in forma e sostanza, non cazzi e gelatina.
— Forma e sostanza?
Sì, dai, corpo, gambe e braccia e non più di una testa che m'impressiono.
— Ti vado bene, così?
Perfetto, sembri uscito da Star Trek.
— Da quale serie?
La prima, la migliore.
— Imbattibile.
Avanti col giro.
— Faccio strada.
Fai anche luce, per favore.
— Già, voi vedete poco.
Io ci vedo benissimo.
— Se accendi la luce nel cervello, ci vedi benissimo, altrimenti ci vedi poco.
Quale luce?

— La luce, dai che hai capito.
Quelle troiate del comportarsi bene e pensare positivo?
— Sì, roba tipo.
Lascia stare, non c'è tempo sulla Terra, siamo stronzi per esigenza.
— Stronzi al buio.
Di' un po', quand'è che visitiamo l'astronave e guardiamo lo spazio?
— Eccoci.
Tutto bianco e fuori tutto nero.
— Che ti aspettavi un film di fantascienza?
E tu com'è che diventi come ti pare?
— Te l'ho detto, ho domato la materia, quello che hai intorno è quello che voglio far vedere a te.
E lo spazio? Non si vede nulla.
— Là non c'entro, quello è così per conto suo.
È tutto nero?
— Anche l'Universo ha domato la materia, ma ognuno lo fa a modo suo.
Beh, cazzo, almeno una stella ce la poteva accendere.
— Le stelle sono lontane, sulla Terra sembrano vicine, ma ogni galassia è una roba tipo come un'isola piccola in un oceano immenso.
Capito, ora siamo lontani da qualsiasi galassia.
— Vedi che ci arrivi se accendi la luce nel cervello?
Allora che sfiga, potevo chiamarti mentre attraversavi una galassia.

— Già, senti una cosa.
Cosa?
— Questa robba?
Sei un martello.
— Devo sapere tutto.
Non so, qua non ho ancora visto nulla.
— Tira fuori 'sta robba e ti porto in una galassia.
Sei un ricattatore?
— Sono pratico.
Non ce l'ho.
— Non accendi la luce nel cervello, non controlli la materia, non hai la robba, sei il solito stronzo terrestre.
Fai una cosa.
— Cosa?
Mandami sulla Terra, la prendo e mi riporti su con la *robba*.
— Ci sto.
Che mal di testa.

— Che botta!
— Sì, spaziale.
— Hai puntato di testa la cantina e giù di culo.
— Non rompere e dammi altra *robba*.
— Finita.
— Finita?
— Pensi che solo a te qua nel quartiere va di vedere la stelle?
E adesso quell'alieno non mi riporta più su. Che grattaculo mio fratello.

Coprifuoco
di Leonardo Battisti

Quando iniziò il coprifuoco si era capito che sarebbe stata una cosa lunga. Qualcuno già parlava di mesi e anni. Io non ci credevo. Anzi ero quasi contento del fatto che il Governo provvedesse a portarmi le razioni giornaliere senza dover uscire di casa. Era una comodità, obiettivamente. Faceva già un gran caldo, medie annuali di 20 gradi. Parliamo di 30 anni fa e più. Non ricordo l'ultima volta che ho messo piede fuori dalla porta. Ero già vecchio. Ma io ero ottimista. Già pregustavo l'idea che nel giro di qualche stagione mi sarei ritrovato il mare davanti casa per lo scioglimento degli ultimi blocchi di calotta artica.
Era un mio vecchio sogno, forse ereditato da mia madre, quello di avere una casa al mare, per quanto già da alcuni anni vigesse il divieto di balneazione globale. L'ultima persona che ho visto tuffarsi in mare ne uscì fuori piena di ustioni. Se lo poteva permettere, era uno di quei ricconi

che andavano avanti a sedute di laser dermogenetico e trapianti di cute sintetica.
Comunque ho sempre avuto un debole per il mare. Sarebbe lecito chiedersi perché, dato che le albe e i tramonti sull'acqua da qualche tempo mi mettono pure un po' d'ansia, per via del pallido riverbero ambrato che traspare dagli schermi fotonici. È il prezzo da pagare per non morire di raggi UV, tutto sommato accettabile.
Anche l'odore – del mare, intendo – è totalmente diverso da quello che sentivo da bambino. Ora sa di patate al forno, per quanto anche il ricordo di patate al forno sia ormai abbastanza vago. Gli ultimi preparati liofilizzati che mi sono rimasti sono quelli a buon mercato, inodori incolori insapori: solo l'equivalente contenuto energetico degli alimenti. Che schifo. Una volta, per un eccesso di nostalgia, ho messo dell'olio liofilizzato in padella, della cipolla in polvere e ho provato a fare un soffritto. Dopo due minuti è saltato tutto in aria e per poco non ci rimettevo un occhio. Dietro la scatola c'era scritto che potevano essere pericolosi. Che merda che mangiamo. Per quanto, alla fine ci si abitua un po' a tutto, e io sono un povero vecchio che vive d'abitudini.
Ma, il mare – dicevo – il mare vale sempre la pena, se non altro per il rumore. Quello è sempre lo stesso. Le onde che si alzano, rovinano scrosciando sulla superficie increspata, e infine scivolano schiumando a riva… Che bello. Pare di sentire un vecchio amico che prende fiato e torna a respi-

rare lento e regolare dopo uno sfogo nervoso o la sconvolgente rivelazione di un segreto inconfessabile. Sono anni che non sento neppure il respiro, non dico di un amico, ma di un disgraziato qualunque. Non poteva essere altrimenti. Meglio così.
Anche se non ci fosse stata la guerra, avremmo fatto la stessa fine. Ma poi che razza di rapporti avevamo, negli ultimi anni?! Ci vedevamo solo su *Brainroom*, e va bene che era tutto quadrimensionale – meglio della realtà, diceva lo spot – e che se volevi potevi perfino ballare il *Cha cha cha* coi tuoi amici connessi, però ogni volta che ti toglievi il casco neuronico ti sentivi come dopo esserti masturbato: vuoto, depresso, forse stanco. E poi, a proposito di sesso, la versione per adulti del software era una gran fregatura: cioè, eri obbligato per legge a fare sesso a distanza ma intanto i dispositivi costavano un occhio della testa. Non erano nemmeno detraibili dalle tasse. Non parliamo poi di acquistare il programma *Maternità*… Io sono vecchio ormai, lo uso solo per rivedere gli amplessi che ho salvato sul cloud.
Comunque, se queste dovevano essere le relazioni interpersonali, meglio così. Meglio non sentire né vedere più nessuno, per quanto io all'epoca ero favorevole all'obbligatorietà dell'uso dei *social 4D network*, se non altro perché poteva porre fine a quelle pratiche barbare entrate in vigore dopo il trattato di Lhasa, tipo la vasectomia a tutti i maschi in età puberale, o il divieto all'ibridismo sessuale per evitare l'autoriproduzione…

Era il Medioevo, sotto certi aspetti. Chi era contro *Brainroom* diceva comprensibilmente che, nonostante le vasectomie a norma di legge, almeno si chiavava. Giusto. Ma sapevamo tutti che prima o poi il contatto umano sarebbe stato impraticabile. Avevamo fatto la guerra apposta. Non si poteva continuare ad avere, anno dopo anno, saldi demografici positivi: bisognava invertire il trend una volta per tutte.
I dati parlavano chiaro, ma non ce n'era bisogno: chiunque con un minimo di buon senso sapeva come stavano le cose. Non ce l'ho coi pacifisti, o coi credenti delle varie fedi, soprattutto i cattolici. Erano ridicoli. Fa ridere un cattolico che protesta per farsi una scopata. Posso capirli, e d'altronde non voglio giudicare, non ero neanche nato. Però la situazione era quella.
Anzi era peggio. Non bastò neppure la guerra. Si dovette arrivare per forza agli accordi di Lhasa, uno di quei momenti che cambiano la storia per sempre, dicevano, come la nascita di Cristo o l'invenzione della ruota e roba del genere. Credo fosse la prima volta che tutte – dico tutte – le nazioni del mondo erano d'accordo. Certo, non è che avessero scelta. Le radiazioni, gli agenti patogeni freschi di laboratorio, le bombe climotermiche... In poco tempo due continenti interi erano stati ridotti a deserto e gli altri erano belli e contaminati un po' ovunque e in modo irreversibile, specie le falde acquifere.

Acqua e cibo erano diventati una rarità. Si pensava di rimediare con la genetica, che però non è bastata, per quanto facesse cose prodigiose già quando ero bambino io: ricordo di una vacca di 1.800 chili in Irlanda che produceva sa il diavolo quanti ettolitri di latte al giorno e carne per un anno per tutta la contea di Kilkenny, che ora è totalmente sommersa. Come tutta l'Irlanda del resto. Peccato: mi sarebbe piaciuto vederla. Non ho fatto in tempo.

Comunque, fatto sta che alla vigilia degli accordi di Lhasa non c'erano opzioni. Programmare la progressiva estinzione del genere umano, nell'arco ragionevole di un centinaio d'anni, poté sembrare a molti ingenui e codardi una follia, ma era inevitabile. Bisogna essere obiettivi, almeno oggi, col senno di poi. Meglio così, tagliare la testa al toro e finire la storia una volta per tutte. La questione, alla fine, era semplice: abbiamo fallito sotto ogni punto di vista. Traiamone le conseguenze.

Per certi versi era anche una cosa bella, utopica. Cioè, per la prima volta ogni popolo cedeva la propria sovranità territoriale a un unico ente sovranazionale, il Governo. Tutto il mondo diventava una nazione sola. Penso che intere generazioni di hippy e cyber-hippy abbiano immaginato qualcosa del genere come la massima realizzazione dell'uomo e dei cyborg.

Certo, con il trattato di Lhasa si creava la nazione unica solo per poter applicare uniformemente il divieto di riproduzione in tutto il mondo. Altro che utopia.

Coprifuoco

Bisognava essere concreti, convertire tutti gli androidi bellici a usi civili per programmare l'assistenza alle popolazioni che sarebbero invecchiate, e poi organizzare autorità di polizia e sanitarie che redistribuissero risorse e calmassero le proteste, che furono forti e violente un po' dappertutto. Il numero dei suicidi fu impressionante. Quando studiavo storia a scuola, mi sembrava una strana forma di protesta, ma a ripensarci oggi, a quelli che si toglievano la vita, mi viene da dire meglio così. Mi piaceva la storia.
I bambini nati dopo l'entrata in vigore del divieto ottennero una licenza di vita grazie a una sanatoria che abbracciava i tre anni successivi al trattato di Lhasa, e che comunque prevedeva la liquidazione dei pargoli non oltre il venticinquesimo anno di età, a carico della famiglia. Si trattava di un compromesso tutto sommato accettabile: far raggiungere all'individuo qualche traguardo, fargli assaporare qualche aspetto della vita e un barlume di realizzazione esistenziale senza che arrivasse a consumare troppe risorse.
Ricordo un mio vecchio compagno di università, un genio: era arrivato a laurearsi con due anni d'anticipo, ma era nato fuori tempo massimo. Uscito dall'aula dopo la discussione di tesi, la madre gli mise i fiori in mano e il padre, con la scusa di fargli una fotografia, tirò fuori una vecchia pistola a proiettili del suo bisnonno e gli sparò tre colpi al petto, con la famiglia intera che applaudiva felice. Sono soddisfazioni per un genitore.

Dopo la sanatoria, però, ci fu intransigenza assoluta coi neonati. Era comprensibile, e in fondo era meglio così.
Mia madre mi diceva sempre con orgoglio che avevano dovuto farmi nascere prematuro per non violare il divieto e che ero uno degli ultimi nati sulla Terra, anzi l'ultimo in assoluto.
Non ho mai saputo se ero davvero l'ultimo nato, però ora so per certo che sono l'ultimo rimasto in vita. C'è un contatore automatico dei viventi in ogni modulo abitativo, che aggiorna a ribasso il numero man mano che si spegne il rilevatore GPS sottocutaneo.
Me lo sentivo che sarei stato l'ultimo, sin dai tempi in cui fu imposto il coprifuoco, quando il Governo ritenne che non era salubre stare all'aria aperta. Stare all'aria aperta aveva ucciso mia madre. Sapeva che le faceva male, ma non poteva resistere. Era un vizio molto diffuso fino a qualche anno fa. I benpensanti rompevano il cazzo notte e giorno con le loro campagne di sensibilizzazione sui danni dell'aria aperta. A me non me ne fregava niente. Io non lo facevo, per carità, ma non ho mai pensato di giudicare quelli che si allungavano ogni tanto fuori casa. Ognuno fa quello che vuole. E comunque, quegli sfigati moralisti sono morti tutti, e prima di altri che si facevano certe uscite di ore.
Comunque, da che è scattato il coprifuoco, me lo sentivo che sarei stato l'ultimo. E da allora aspetto. Aspetto e scrivo, che sono, in fondo, la stessa cosa. Non scrivo per nessuno, ed è meglio così. Proverei pena per chi volesse leggermi.

Coprifuoco

A volte mi domando quanto tempo ci metterà la natura così malridotta a riprendersi la Terra, a riorganizzare i suoi ritmi, i suoi cicli, a masticare e deglutire le nostre rovine e carcasse e ricreare un qualche equilibrio. Boh. Che casino. Ora però sono un po' stanco, di scrivere. Per oggi mi pare che basti. Credo che uscirò un po', sì, per rilassarmi: niente di meglio, in certi momenti, di una passeggiata.

Efferata battaglia spaziale
che vede coinvolte le navicelle spaziali A e B
di Filippo Balestra

Ci sono delle navicelle spaziali che si sparano addosso, tutte immerse nel loro universo spazio siderale lontanissimo fatto di stalattiti e stalagmiti non appese nelle grotte ma fluttuanti in questo grande spazio cosmico e molto più che intercontinentale.
Ci sono queste due navi spaziali che si sparano, con i loro equipaggi che si sparano, un equipaggio con la divisa rossa e il colletto a v e l'altro equipaggio con la divisa blu e il colletto a v.

— Sparate! — comanda il comandante da una parte.
— Sparate! — comanda il comandante dall'altra.

— Fuoco! — comanda il comandante da una parte, e arriva uno e gli porge l'accendino, il comandante s'infuria:
— Ma non intendevo fuoco in questo senso, e poi sulla nave non si può fumare, lo sanno tutti.

Intanto il comandante dell'altra nave ride perché ha visto la scena divertente in cui l'altro comandante non riesce a farsi capire dal suo equipaggio. È molto contento di aver visto una scena di quel tipo, talmente compiaciuto, adesso, che dice — Fuoco! — e arriva uno che gli porta l'accendino e lui è contento e si fuma una sigaretta tutto rilassato. Allora anche l'equipaggio si accende una sigaretta tutto rilassato, perché su tutte le navi spaziali è vietato fumare ma non in questa nave spaziale, che chiameremo Nave B: in questa nave spaziale si può fumare se il comandante fuma. E allora tutti giù a fumare. Tra l'altro, sì, sono sigarette ma non sono sigarette di una marca che noi conosciamo, sono sigarette diverse, di marche diverse, con alfabeti diversi che, in basso, sul pacchetto, segnalano che fumare fa male. Però chi se ne frega, se il comandante fuma è un piacere fumare per tutti.

— Fuoco! — ordina l'altro comandante, quello che prima era stato frainteso, e la nave spaziale, l'altra, la Nave A, continua a sparare a tutto spiano. E anche la Nave B continua a sparare a tutto spiano. E sparano e sparano. E tutti a sparare alcuni tipi di raggi laser spesso antipatici se ti ci fai colpire. Non conosco bene gli effetti ma eviterei.
E cosa succede?
È importante sapere che durante le battaglie spaziali nel cosmo ininveterabile, è prassi, per le navi spaziali, di chiudere i condotti di areazione. Non si può usare l'aria condiziona-

ta perché tutte le energie della nave devono essere a disposizione per eventuali impieghi negli impianti ad esempio di ultrapropagazione, spesso usati per compiere manovre di elisione, colpi di coda, strategie immediate e ultraceleri che, in talune situazioni, possono rivelarsi decisive nell'andamento della battaglia.

E quindi l'altro comandante si trova tutto così rassicurato dal constatare l'incompetenza dell'equipaggio avversario che all'improvviso si alza in piedi e urla — Fuoco! — e si fa accendere un'altra sigaretta. E giù tutti a fumare come i pazzi, tutti con un'altra sigaretta. Insomma, è difficile adesso stare qui a spiegare per bene; effettivamente sappiamo che le navi spaziali sono fornite di sistemi di puntamento automatico sonico, radar ultraefficenti di categoria G1, geostazionatori elitari del piano trasversale S, quantificatori programmatici di deambulazione, orbitificatori di corrente alternativa, addirittura i telecomandi per le tendine; insomma, hanno un sacco di tecnologia multiaccessoriata, solo che se non ci vedi, come dicono certi facendola semplice, se non ci vedi non ci vedi.

E infatti si è creata una cappa di fumo e nebbia ma proprio di quelle, sai? di quelle da sala da biliardo d'altri tempi, di tempi che non c'entrano affatto con le navi spaziali perché nonostante i protostabilizzatori è impossibile giocare a biliardo su una nave spaziale, ci hanno provato ma è impossi-

Efferata battaglia spaziale...

bile. Nella Nave B l'eccesso di rilassatezza, con conseguente fumo, ha fatto sì che la visibilità sia ridottissima per non dire azzerata. Anzi, diciamolo pure, la visibilità è azzerata. Proprio zero, diciamolo senza vergogna.
È normale quindi che con così poca visibilità le manovre riescano incerte.
— Comandante —, urla il sottotenente Crixci, addetto al timone e al dentifricio, — Comandante non ci vedo più niente, non so dove andare.
— Lasciami fumare la sigaretta in pace, Crixci, e poi tra poco voglio pure lavarmi i denti, ricorda.

Proprio nell'istante in cui il sottotenente Crixci invia alcuni suoi sottoposti a recuperare il dentifricio per il comandante, si sente un preoccupante boato provenire dal settore FY13 della navicella spaziale. Il settore FY13 praticamente è il lato destro (il lato sinistro si chiama Area 42K). Subito suonano le sirene d'allarme.

— Che succede? — dice il comandante al sottotenente Crixci. — Ci hanno colpito?
— Signor Comandante, non saprei —, risponde il sottotenente spegnendo la sua sigaretta, — Non si vede niente, è tutto un grande fumo qui, però ho l'impressione, sa, probabilmente, che anche noi abbiamo colpito loro.
— Siamo noi ad aver colpito loro o loro hanno colpito noi?
— Forse ci siamo colpiti a vicenda.

— Cioè?
— Cioè ci siamo scontrati, mi sa, Comandante, ci siamo scontrati con la Nave A.

Ecco, c'è da dire, per chi non lo sapesse, che nella storia dello spazio cosmico siderale e di tutti i viaggi spaziali, con tutto lo spazio cosmico siderale che c'è, non c'è niente di più umiliante, e lo sanno tutti, che scontrarsi con un'altra nave spaziale nel bel mezzo dello spazio cosmico siderale. Uno può anche accettare, ok, i motori in avaria, passino financo eventuali raggi laser che colpiscono chissà come, però non si deve, non si può, in mezzo a tutto lo spazio cosmico infinito che c'è, proprio non va bene scontrarsi con un'altra nave spaziale.
Il comandante si avvicina allora al finestrino per azionare la manovella in modo da far uscire un po' di fumo di sigaretta e far entrare un po' d'aria cosmica.

Si affaccia dal finestrino, il comandante, sbracciandosi tutto e cosa si trova a pochi metri? Il muso della Nave A tutto incastrato nel muso della Nave B.
I due comandanti si trovano molto vicini l'uno all'altro. Entrambi affacciati dai propri finestrini, ognuno tentando di constatare i danni sulla propria carrozzeria.

Efferata battaglia spaziale...

— Ehi, — dice il comandante della Nave A. — Mi sei venuto addosso, imbecille, proprio mentre stavamo facendo la battaglia spaziale.
— Sei tu che mi sei venuto addosso, imbranato, proprio mentre stavamo facendo la battaglia spaziale, imbranato.
— Imbranato sarai tu.
— E tu sei un rimbecillito.
Continuavano a insultarsi, sempre adottando offese lievi, perché i comandanti comunque sono persone di una certa levatura, di una certa caratura, di una certa statura, e allora si dicevano, ad esempio: vigliacco, fellone, gaglioffo, stupido, cretinetti, approssimativo, confusionario, e poi passando anche a ipocrita, ipovedente, ipotattico. E altre parole così. Tutto un continuare a insultarsi senza tregua, gli equipaggi delle due navi non sapevano bene cosa fare, le navi continuavano a procedere con i due musi incastrati l'uno nell'altro, i due comandanti non comandavano niente, erano vicendevolmente concentrati sulla prevaricazione dell'altro. La situazione stava precipitando e le navi spaziali, fluttuanti nel vuoto candido e cosmico dell'eternità spaziale, si trovavano anche loro a precipitare, per davvero, nel molto attraente campo gravitazionale del pianeta Kikkkko, il pianeta senza kappa.

— Questa gravità è molto attraente —, dice il sottotenente Crixci mentre la Nave A, ancora incastrata nella Nave B, è in procinto di schiantarsi al suolo, sfracellarsi, in mille pezzi oppure magari no, magari è un atterraggio morbido, in fondo la tecnologia glielo permetterebbe perché le navi, la Nave A e la Nave B, sono molto simili e infatti sono entrambe dotate, sul cruscotto, del tasto WY che, nel codice dei navigatori spaziali, significa proprio atterraggio morbido.

— Comandante, stiamo precipitando sul pianeta Kikkkko, sarà uno schianto esagerato.
— Ehi —, dice il comandante ritirandosi momentaneamente dal finestrino, — non c'era il tasto per l'atterraggio morbido?
— Sì, ma non ricordo il codice.
— Non ricorda il codice? Ma che sottotenente è lei? Non ricorda il codice? Il codice è WY: per l'atterraggio morbido bisogna schiacciare il WY, corra a premere quel tasto prima che ci schiantiamo veramente.
— Ma Comandante…
— Cosa vuole?
— Io non so leggere, ricorda?
— Lei non sa leggere? Ma come può essere sottotenente di una nave imperiale, Nave B, e non saper leggere?
— Lei mi ha scelto per via dei dentifrici, perché sono appassionato di dentifrici.
— Dannazione, è vero, lei è uno dei pochi che si intende di dentifrici; però qualcuno vada a premere il tasto WY, vada a riferire, fate qualcosa, insomma, fate qualcosaaaaa.

Efferata battaglia spaziale...

Il comandante si mette a urlare *fate qualcosa* per un pochino, poi qualcuno finalmente fa qualcosa. E l'atterraggio c'è, ed è morbido per entrambi, non ci voleva molto, qualcuno semplicemente si era ricordato, su una delle due navi, l'importanza del tasto WY.
Perché le cose importanti sono importanti da sapere sempre, non solo quando servono. È per questo che sono importanti. Ed è anche questo il motivo per cui tante volte non siamo pronti a conoscere le cose importanti, perché le cose importanti hanno questo aspetto infingardo per cui sembrano importanti soltanto in certi momenti. Come morire. Morire si muore solo una volta ma, anche se uno non ci vuole stare a pensare troppo, è importante sapere come funziona. Sarebbe stupido morire senza nemmeno essersi fatti un'idea della morte.

Il pianeta Kikkkko è abbandonato per via delle condizioni atmosferiche avverse ma soprattutto per via del nome del pianeta, Kikkkko. Gli abitanti se ne sono andati perché tutti li prendevano in giro per le troppe kappa. Non è facile vivere sereni quando c'è tutto l'universo conosciuto che ti prende in giro per il tuo nome. C'è poi un pianeta che si chiama Koi-Yoni, poveretti anche loro, e il pianeta poi, una desolazione...

Il comandante della Nave A e il comandante della Nave B, che chiameremo per comodità rispettivamente Comandante A e Comandante B, si trovano adesso con le loro navi e i loro equipaggi su un pianeta che, il più delle volte, al solo nominarlo, suscita l'ilarità universale. Per come sono fatti i comandanti, l'unica cosa che rimane è ammazzare il proprio avversario: dimostrare la superiorità dei propri equipaggi battagliando fino all'ultimo sangue.

— Guardate dove ci avete portato, non ci rimane altro che ammazzarvi —, dice il Comandante A.
— Guardate dove ci avete portato, non ci rimane altro che ammazzarvi —, dice il Comandante B.

Ed è così che inizia la battaglia tra i due equipaggi.
Dovete sapere che l'etica del combattimento su suolo, in epoca di viaggi interstellari, comporta uno scontro tra individui poco spettacolare, molto regolarizzato e anzi, piuttosto centellinato, direi. I membri dell'equipaggio si pongono in fila indiana e, uno a uno, a turno, si colpiscono come possono. Ma come abbiamo potuto precedentemente constatare, i due equipaggi differiscono di poco. L'unica caratteristica che li rende effettivamente diversi è il colore della maglietta: l'equipaggio A indossa la maglietta rossa con il collo a V e l'equipaggio B indossa la maglietta blu con il collo a V. Per il resto sono proprio uguali uguali. E quindi, tutti in fila indiana, con il comandante da un lato che cerca di motivare i propri soldati, uno a uno, i soldati muoiono. Uno a uno c'è un accumularsi di corpi esanimi tutti messi

lì, appoggiati, e muoiono e muoiono fino a morire tutti. Rimangono solo i due comandanti: il Comandante A e il Comandante B.

Si guardano negli occhi, intorno c'è morte e distruzione e in più si trovano in un pianeta con tutte quelle kappa.
— Credo che dovremmo venirci incontro —, dice il Comandante A.
— Credo che dovremmo venirci incontro —, dice il Comandante B.
— Stabiliamo un accordo bilaterare.
— Stabiliamo un accordo bilaterare.
— Facciamo la pace.
— Facciamo la pace.
— Sì.
— Sì.

Lumen Christi
di Pee Gee Daniel

> *Jesus, don't want me for a sunbeam.*
> *Sunbeams are not made like me.*
> *Don't expect me to cry*
> *for all the reasons you had to die.*
> *Don't ever ask your love of me.*
> **The Vaselines**

> *Cum solis lumina cumque*
> *inserti fundunt radii per opaca domorum:*
> *multa minuta modis multis per inane videbis*
> *corpora misceri radiorum lumine in ipso*
> *et vel ut aeterno certamine proelia pugnas*
> *edere turmatim certantia.*
>
> **Tito Lucrezio Caro**

Non riesce più a rintracciare la giusta dose di entusiasmo dentro di sé, poco da farci. Nel senso letterale del termine: ἐν + θεός, il Dio dentro, il Dio interiore, quello spiraglio di luce immateriale – non costituita da fotoni, bensì da puro,

limpidissimo spirito – che si riveli capace di confortare e sorreggere l'animo del fedele, specie nei momenti di più pressante titubanza. E che viva un tale tentennamento il capofila dei devoti o che lo covi l'ultimo dei reietti, nel lungo allineamento che conduce l'assemblea dei credenti sino al cospetto del loro Signore, non riveste alcuna differenza.
La cittadella cattolica a quest'ora è buia: quella che pomposamente chiamano *città-stato*, ma che è appena un minuscolo sobborgo scampato a suo tempo alla furia anticlericale del Garibaldi. Attraverso l'intelaiatura dell'ampio finestrone al centro della parete est se ne intravedono le forme stondate e svettanti. Tutti dormono, o almeno fingono di farlo, nella cittadella che sorge su un colle di Roma dove, già prima dell'avvento di Cristo, pagani etruschi e romani profetizzavano alle genti le sorti a venire. Mentre per lui, vicario secolare dell'onnipotenza che trascende gli spazi illimitati e che governa enti visibili e invisibili, non è stata prevista alcun genere di preveggenza, né alcun altro tipo di facoltà soprannaturale. Non sa guarire gli infermi con il tocco delle sue dita ormai tremule, non sente voci né vede fenomeni superiori alla banale natura delle cose, non distingue il santo dal peccatore a colpo d'occhio. Per giunta, non gli è dato di maneggiare neppure quel tanto di potere per decidere quale rotta abbia a prendere l'immane imbarcazione petrina: quella gigantesca costruzione, di beni materiali e di credule folle, che gli hanno assestato sopra le spalle spioventi, quasi si trattasse del mitico Atlante.

Si limita ad accondiscendere bonariamente alle scelte altrui, più per timidezza, e per un'incapacità a ribellarsi, che per reale consenso. Oltre alla totale mancanza di abilità sovrumane, come di quelle di ordine più semplicemente politico e amministrativo, addirittura le forze fisiche più comuni gli vengono sottratte dall'incalzante avanzamento della senilità. Nulla in più ha ricevuto da quell'investitura, da quando gli infilarono quell'Anello del Pescatore che ora va rigirandosi nervosamente intorno all'anulare come se il metallo gli stesse arroventando le carni. Nulla in più, ma qualcosa in meno…
Tutti dormono, tranne lui, che si aggira a fatica, forzando le vecchie articolazioni e i loro reumi, per gli unici appartamenti che gli è stato concesso di percorrere a quell'ora tarda. Ha da poco comunicato *Urbi et orbi* la propria irrevocabile decisione di scrollarsi di dosso la gravità della veste pontificia, ma questo non gli ha alleggerito l'anima come confidava; anzi, la pena sembra essersi fatta ancor più sottile e ficcante. *Redde signum, Domine mii! Redde signum!*, non fa che masticare tra sé, a mezza bocca, fissando quel vasto nulla che si estende fuori dalla finestra, oltre le vetrate tirate a lucido, al di là dell'atmosfera terrestre, nella disperata parodia dello spiritista che, con tono diaframmatico, invochi: *Se qualche spirito è in ascolto, batta un colpo!* Ma anche questa volta quel fantasma oscuro e infinito, che deve ribollire oltre le spesse coltri celesti, tace.

Accarezza, con la punta dei polpastrelli, il liscio dorso dello scrittoio, scostando con raccapriccio i fogli sparsi della sua ultima enciclica, *De Fide*: rimarrà un'opera incompiuta. L'aveva arrestata a quella frase vergata in fretta, e con egual fretta cancellata con un segno spesso: *Nihil est, nisi supplicium vacuumque*. Ha intenzione di incenerire l'intera pergamena prima di abbandonare il palazzo per sempre.

Ha cercato sin dall'inizio di spostare l'interesse dei propri seguaci verso un afflato divino che vedeva ormai da troppo tempo assente. Ma per quel genere di imprese serve un'energia titanica che lui non ha, che non ha mai avuto, ma che era certo di poter rintracciare nell'ausilio che necessariamente Domineddio non gli avrebbe fatto mancare. Sebbene, a conti fatti, quell'aiuto tanto richiesto non era mai venuto. Non verrà mai, confessa a se stesso, scuotendo sconsolato il piccolo capo incanutito, mentre osserva distrattamente le iridescenti losanghe di marmo bardiglio su cui posa le pantofole porporine.

Vanitas vanitatum et omnia vanitas! Il giorno in cui lo elessero, avvertì nel proprio cuore che l'assistenza di quello stesso Santo Spirito che aveva supportato gli eserciti, che aveva fatto crescere il Salvatore in seno a una vergine e che, da ultimo, aveva segretamente provveduto a fargli conferire quella carica, avrebbe reso i suoi progetti infallibili. Così non fu mai. Per quanto abbia tentato di convincere quel gregge di lupi camuffati da pecorelle a più miti consigli, gli uomini hanno proseguito nella loro storia, lastricata di vizi e vergogne senza pentimento. Non c'è nulla di diabolico in tutto questo, nulla di grandioso nella sua malignità. È semplice quotidianità. Piccineria animale. E del resto Colui a cui questi figli dispersi dovrebbero anelare non si fa sentire, non dà segni né presagi, nemmeno a lui che a rigor di logica dovrebbe essere il prescelto.

Nella Cina imperiale si riteneva che l'universo mondo fosse sorretto da un colossale elefante, che a sua volta poggiava le proprie zampe sopra il carapace di una tartaruga. E sin qui tutto bene. Ma alla fine, su chi si appoggia il sottostante rettile? Senza fondamenta tutto crolla, frana, patatracca tristemente. E allora – si era chiesto in una giornata più cogitabonda di altre – a che serve perseverare, con una tiara d'oro calzata sopra le orecchie, folle ploranti davanti a sé le cui preghiere resteranno inesaudite, torciglioni barocchi dattorno, gli insulti e gli sberleffi da parte di un neo-paganesimo che lo prende a facile mira? A che serve continuare quando ormai ogni cerimonia, ogni popoloso raduno, ogni plauso ufficiale si tingono di farsa?

Redde signum!, mormora ancora una volta, nel chiuso della stanzetta; ma niente. *Vox clamantis in deserto.*

Redde signum!, ripete, stavolta a voce sufficientemente alta da provocare un piccolo rimbombo contro le mura arcuate dello studiolo, tanto che, già pentito, con le mani corre a coprirsi la bocca, nel timore che lo abbiano udito, che entro breve spunti da dietro la porta d'ingresso la testolina di una suora a rimproverarlo per le ore che toglie al riposo.

Lumen Christi

Ma non è qualcosa che sopraggiunga dal corridoio a catturare la sua attenzione: proprio in quel momento, infatti, il segno, di cui ormai disperava, giunge! Un cono di luce penetra con violenza attraverso la finestra, inondando la stanza e rischiarandola a giorno.
Gli occhi lucidi e spalancati, la bocca dischiusa in un sorriso incontenibile, le braccia aperte a crocefisso, o in attesa di un abbraccio. Disprezza se stesso per aver dubitato. A piccoli passi si dispone davanti al quadro della finestra, mentre la luce che lo investe è talmente potente da renderlo cieco, da sfumare i contorni della sua figura dentro una bianchezza squillante e purissima. Tutto tace. Tutto è fermo. Giusto un lieve ronzio metallico raggiunge le sue piccole orecchie. Apre i battenti della finestra. Avanza sul ristretto ballatoio, senza neanche accorgersi dell'aria frizzante di quelle giornate nevose, così rare nella capitale dei cesari e dei papi, che gioca coi suoi candidi ricci, che stropiccia la sua sottoveste di seta.
Totus tuus, Domine!, strilla con tutti i polmoni, ormai totalmente avvolto dall'abbagliante radiazione.
Ma ciò che egli presume essere l'emanazione luminosa del Signore, è invece un raggio traente, emesso da un mezzo aeromobile per trasporto intercosmico in funzione super-stealth, non radarizzabile né distinguibile a occhio nudo, che sta galleggiano a mezz'aria proprio davanti al finestrone centrale della sua stanzetta.

Gli occhi gli si chiudono sopra le pupille offese. Il cuore sembra cessare di battere. Le gambe si piegano. I sensi lo abbandonano. Eppure… non cede al pavimento, ma inizia a fluttuare, risucchiato verso il punto d'origine di quel fascio di luce.

Quando riapre gli occhi è madido di sudore. La veste da camera gli si è agglutinata addosso come una seconda pelle. Si risveglia in una scomoda posizione orizzontale, costretto su un pianale da barre fatte di un materiale elastico e appiccicoso. Prova a guardarsi intorno, ma l'intensità della luce puntatagli in faccia gli impedisce di capire dove si trovi. Stavolta la fonte luminosa è simile a una lampada da sala operatoria, dentro cui brillano tre potenti fari alogeni messi a triangolo. Finalmente una forma di vita intercetta il suo campo visivo, sorgendo dal basso e interponendosi tra lui e i faretti.

All'inizio non ne vede che la forma del cranio, tanto sproporzionata e svasata verso la sommità che ha l'impressione di trovarsi di fronte il cardinal Bertone. Ma lo spavento passa subito, non appena la figura si avvicina ancora un po', mostrandosi in tutta la sua eccentricità: la testa ricorda una sorta di enorme pera rivoltata, bucata da un paio di fessure albuginee che ne dovrebbero costituire l'apparato visivo, mentre al suo apice quella specie di cranio si apre, lasciando emergere quello che ha tutto l'aspetto di un grosso cervello, rosa e palpitante.

Lumen Christi

Lui, steso sul tavolo, cerca di allungare il collo per vederlo meglio. È esterrefatto. Non appena riesce a recuperare l'uso della parola, gli domanda, a fil di voce: *Tune angelus es?*
L'essere vivente, che lo sta osservando a sua volta, a sentire un tale quesito, emette uno squittio acuto e prolungato, che dà l'idea di valere come una risatina. Siccome è sprovvisto di organi di fonazione, comunica all'ospite per via diretta, attraverso le onde cerebrali.

— Non siamo angeli! — è la risposta che il Santo Padre si sente risuonare, ben scandita, in testa. — Proveniamo dal pianeta Malaak, che è situato alle estreme propaggini di una galassia assai remota. Abbiamo attraversato un lungo tratto di universo allo scopo di colonizzare questo vostro lussureggiante pianeta. È esattamente in quest'ottica che, scandagliando tra le varie forme di potere che determinano le sorti di questo numerosissimo branco di primati che si autodefinisce *umanità*, contrassegnato da funzioni neurocognitive a tal punto espanse da renderlo la specie più infestante dell'intero pianeta Terra, abbiamo inteso testare tra tutte le autorità la più longeva, per trarne informazioni utili alla gestione dell'ordine pubblico che ci attenderà nell'immediato futuro. Il che ci riporta alla ragione per cui la sua riverita persona, Pontifex Maximus, si ritrova sdraiata sul presente tavolo autoptico.
L'uomo, il Prescelto, attaccato al pianale, sente che sta ricominciando a trasudare copiosamente.

— Tramite una circoscritta indagine fattuale —, riprende a comunicargli il malaakiano per mezzo dei propri poteri psionici, — vogliamo sincerarci di quale sia la causa organica che permette a un solo, piccolo uomo di dirigere e convincere masse intere verso principi e comportamenti onestamente irrazionali, ma supinamente benaccetti. In altre parole, il traguardo che si è prefissa la scelta equipe malaakiana che la circonda, e che io ho l'onore di capeggiare, è quello di scoprire *in corpore vili* in cosa precisamente consista ciò che voi terrestri definite *carisma*, onde poi, una volta appuratolo, riprodurne la ghiandola o l'organo periferico che lo secerne in un apposito laboratorio e istallarlo di conseguenza nel rappresentante del nostro popolo che invieremo come vostro nuovo leader. Da quel poco che sappiamo dai nostri studi, presumiamo che la ghiandola del carisma si nasconda nell'apparato genitale, atteso che quasi tutte le funzioni, le diverse forme di relazione e le motivazioni che spingono il genere umano, da noi lungamente osservate, sono generalmente riconducibili a quella circoscritta zona fisica.

Quella frase non ha ancora finito di riecheggiare nella sua testa, che già un secondo alieno gli si avvicina, reggendo tra le tre lunghe dita della mano uno strumento dall'aspetto minaccioso, composto da un sottile manico e da un seghetto circolare che di lì a breve entra in funzione.

Con le poche forze rimaste, il pover'uomo tenta di divincolarsi. Urla qualcosa come: *Pietas! Pietas!* Agita le spalle contro le barre che le trattengono. Scalcia. Infine non può che arrendersi.

— Non si agiti, Pontifex Maximus —, fa ancora in tempo a informarlo il capo-equipe telepate, prima che il collega metta all'opera il proprio strumento, coprendo ogni altro rumore o voce con lo stridio della rotazione metallica. — Fa male solo per i primi dieci minuti terrestri, passati i quali – le assicuro – non sentirà più nulla...

I disoccupati
di Cristina Caloni

(*Lei*, Lui)

— *Hai sonno?*
— Sì. Non vorrei dormire, quando manca così poco tempo.
— *Prendiamo qualcosa.*
— Una volta usavano le anfetamine.
— *Intanto faccio un caffè.*
— Maledizione. Sono così stanco…
— *Senti, non dobbiamo dormire, avremo tempo per farlo. Anche se non abbiamo soldi per viaggiare, non vuole dire che dobbiamo buttare via questi ultimi giorni.*
— Potremmo cercare un lavoro.
— *Ancora? Sono tre anni che cerchiamo. È inutile.*
— Niente è inutile, finché c'è vita.
— *Ascolta, non voglio impegnare i miei ultimi giorni da sveglia per cercare un lavoro pidocchioso, voglio uscire. Sei osses-*

sivo. Non possiamo continuare a pensare al giorno in cui ci addormenteranno.
— E pensare che avevo anche procrastinato i miei obiettivi.
— *A me sarebbe bastato trovare un lavoretto qualsiasi, giusto per avere il diritto di restare viva.*
— Perché dici viva? Loro lo chiamano "dormire".
— *Non è dormire. Credi che ti lascino sognare? No, non si sogna.*
— Chi te l'ha detto? Conosci qualcuno che è stato risvegliato?
— *Nessuno si risveglia.*
— Non è vero, qualcuno ci è riuscito. Bisogna lottare!
— *Come pensi di lottare mentre dormi, eh?*
— Pensavo che sarei arrivato almeno a trentacinque anni. Sono troppo giovane, non voglio essere addormentato.
— *Mi consola sapere che sarò sempre giovane, che la mia pelle resterà così. Chissà, forse hai ragione tu, un giorno le cose cambieranno, e ci risveglieranno. In fondo è già tanto se non ci sopprimono.*
— Ci usano per produrre energia.
— *Potrebbero toglierci gli organi, ma non lo fanno.*
— Hanno gli organi sintetici. E poi non siamo cloni!
— *In questo momento ne vorrei uno che si addormentasse al posto mio.*
— Ti rendi conto? Noi che siamo giovani e forti, mandati a dormire, e loro, i Vecchi, a vivere le loro vite inutili, se non

avessero quelle tecnologie che li tengono vivi… sono come delle piante, anzi no, dei parassiti…

— *Per legge non dipende dall'età, lo sai, addormentano anche chi ha più di trentacinque anni… a volte anche gli Anziani.*

— Pochissimi, ed erano dissidenti. Gli altri sono aggrappati alle loro poltrone, protetti nelle loro dimore… protetti dalle loro lobby…

— *È solo così che si riesce a invecchiare…*

— Sì, entrando in una lobby qualsiasi. Bisogna avere conoscenze, essere raccomandati.

— *Noi abbiamo fallito.*

— Non tutti hanno lo stesso carattere.

— *Si trattava di vivere! Della nostra vita! Non abbiamo fatto abbastanza. Mi consola pensare che la loro non è vita. Sono aggrappati a qualcosa che è solo un riflesso, un'abitudine.*

— Così il nostro paese va avanti per abitudine.

— *Sì. Fanno figli in provetta, li fanno crescere negli uteri artificiali nei loro palazzi, a me sembrano le uova deposte dagli insetti.*

— I miei genitori erano Grandi Anziani, lo sai. Non li ho mai considerati insetti.

— *Loro erano diversi. Hanno deciso di morire a un'età ragionevole.*

— Centocinquant'anni. Sono stati coraggiosi.

— *E ora siamo soli, amore mio. Io, nata da genitori troppo giovani che sono stati addormentati senza che li potessi cono-*

scere, tu con genitori eroici, che hanno voluto dare un esempio, che hanno sacrificato la loro vita per noi, ma cosa ci resta?
— Ci restano tre giorni.
— *Vorrei avere voglia di fare l'amore.*
— Non ce la faccio nemmeno io.
— *Abbracciami.*
— Vieni qui.
— *È vero che iniettano dei conservanti nei tessuti?*
— Non lo so. Alcuni dicono che bastano quelli che mangiamo con gli alimenti.
— *È vero che vengono le piaghe da decubito?*
— No, questo no, siamo sospesi in un liquido paramniotico. Spero addormentino prima me.
— *Ho paura.*
— Anch'io.
— *Ti ricordi della storia di Anna O.?*
— Chi se la dimentica. Una ragazzina addormentata e regalata a una coppia di Vecchi laidi. L'hanno seviziata e torturata... e poi è morta.
— *Mi dà i brividi pensare che lei dormisse, che non potesse urlare, gridare, graffiare. A volte preferirei morire. È insopportabile pensare al mio corpo ancora vivo senza di me, senza sapere cosa ne faranno. È come la favola della Bella addormentata, dormire in bare di vetro. Sarebbe bello se le bare fossero in un bosco, o sotto al mare.*

Tre giorni dopo arrivarono a prelevarla, con il mandato di prelievo per disoccupazione recidiva: erano due, non erano ancora Anziani, ma avevano già pelle sintetica, probabilmente anche cristallini e articolazioni sintetici, forse qualche organo artificiale.
Prelevarono prima lei, che invocò sua madre, anche se non l'aveva mai conosciuta, gridò, scalciò, si ribellò piangendo.
— Non voglio morire —, singhiozzava, mentre i due la prendevano per le ascelle e la trascinavano via, coperta solo da una vestaglia.
Non erano usciti, erano rimasti connessi per cercare un lavoro, fino all'ultimo minuto, ma non era servito a niente, non avevano avuto nemmeno risposte negative. Non si usava dare risposte negative.
Lo sapevo, pensò lui.
Piangeva ancora quando prese la giacca e uscì, prese un treno, deciso a fare un giro nei boschi. Se avessero voluto addormentarlo, avrebbero prima dovuto prenderlo.

Vaucanson
di Marco Montozzi

Giorno 1
Si rompe la bottiglia. Molliamo gli ormeggi.
La folla festante è di nuovo qui come fosse il primo varo o la prima partenza a cui assiste.
In effetti il Vaucanson è stato così tirato a lucido da sembrare nuovo di zecca.
È per questo che il commodoro e gli alti papaveri hanno voluto festeggiamenti in grande stile e un nuovo battesimo.
Le *brana* si aprono; cerchi concentrici liquidi nell'aria davanti a noi, al centro della galleria di ormeggio.
Ordino *Macchine avanti*, l'equipaggio di plancia risponde con estrema efficienza; con uno-due-tre passi superiamo per la settantasettesima volta il velo che ci separa dall'ennesimo mondo tangente il nostro.
Per la prima volta nella storia dei viaggi dimensionali durante la navigazione sperimentiamo delle turbolenze.

Vaucanson

Il Vaucanson beccheggia nelle *brana* come in un mare impetuoso. Davanti i nostri occhi onde di luce scure crescono e si gonfiano. Abbiamo l'opportunità di classificare un nuovo tipo di disturbo cinetosico: il mal di *brana*.
Finalmente emergiamo dall'altra parte, tutto si placa ma è bianco.
Il Vaucanson è faccia a terra in mezzo a quella che sembra essere neve.

Giorno 1 Oltre Brana
Non era previsto, non era mai accaduto; la nave sembra essersi arenata.
L'allarme silenzioso scatta prima che sia io a dare l'ordine: una luce rossa intermittente ordina di interrompere qualsiasi attività e di restare in allerta.
Gli ufficiali superiori devono recarsi nel *quadrato* per una riunione di emergenza.
Ascensori e condotti principali sono fuori servizio. La corrente in alcune zone della nave è stata interrotta e le paratie stagne hanno sigillato diversi ponti.

Giorno 1 OB (supplemento)
I sistemi di controllo ambientale sembrano non funzionare: la temperatura interna della nave sta calando vertiginosamente.

Il signor Day e il signor Mears ci hanno messo più di un'ora ad arrivare. Riferiscono di aver strisciato attraverso i condotti di servizio.
Io e Gran li abbiamo attesi con un certo nervosismo. I rapporti arrivano in plancia con il contagocce: le comunicazioni interne funzionano a singhiozzo.
Sembra però che non ci siano danni strutturali. Si parla di soprammobili caduti e di contusi sparsi un po' per tutta la nave a causa del repentino cambio di assetto.
Day e Mears, il macchinista e l'esobiologo, siedono davanti a me e al cartografo.
— La situazione è alquanto complicata —, esordisce Day facendo il gesto di togliersi della polvere di dosso, peraltro inesistente. — La sala macchine è operativa. Le sezioni articolari che dovrebbero consentirci il ripristino dell'equilibrio sembrano non rispondere. Squadre di manutenzione sono state inviate a valutare. Inoltre, come avrete di certo già notato, siamo ciechi e sordi: i sensori sono fuori uso.
Mears ci tiene a ricordare che la forma antropomorfa del Vaucanson è stata preferita a scafi più tradizionali per facilitare il riconoscimento con altre specie senzienti incontrate nei nostri viaggi. Tratti comuni favoriscono affiliazione e mutuo soccorso ove ce ne sia bisogno.
Gran lo interrompe per portare il suo tetro contributo: — I dati che abbiamo raccolto sono quelli del momento dell'emersione. I sensori hanno avuto poco tempo per estrapolare informazioni. Nonostante ciò siamo riusciti comunque

a fare una sorta di punto della situazione. Siamo approdati in un mondo completamente gelato.
Rinnovo i piani di emergenza standard. Voglio che lo scafo venga controllato palmo a palmo, che mi venga riferita anche la più piccola anomalia e che Day faccia qualcosa per toglierci di impaccio.
Torno in plancia e la trovo completamente al buio. Con un urlo richiamo il macchinista che è ancora nei corridoi. Mi raggiunge trafelato e gettando uno sguardo all'interno del ponte di comando afferma: — I sistemi energetici sembra stiano collassando, signore.

Giorno 2 OB
Siamo in piena emergenza.
L'elettricità va e viene. In plancia si accendono solo le luci. Quando cerchiamo di avviare i sistemi di computo di nuovo cade l'oscurità.
La maggior parte dei mondi che abbiamo visitato, per lo più disabitati, si presentava con un clima mite, simile al nostro. Certo, ogni viaggio presenta delle incognite a sé, ma l'eventualità di incontrare condizioni avverse come questa sono sempre state al di sotto della più misera soglia percentuale.
I problemi continuano ad aumentare.
La nave non può muoversi e non possiamo produrre elettricità. Dato che siamo costretti in questa posizione con gli arti inutilizzabili, ho ordinato di interrompere l'erogazione

di energia a tutte le sezioni non necessarie. Resteranno perciò attive le sole sezioni a *busto* e *capo* nonché i sistemi di supporto vitale e gli impianti di riciclaggio.
La dieta sarà piuttosto scarna. Chiederò a Mears di organizzare delle battute esplorative e di caccia.
Day è venuto nei miei alloggi per chiedere l'autorizzazione ad allestire una sonda di emergenza.
— Servirà molta energia, soprattutto per aprire il passaggio dimensionale ma è la nostra unica speranza.
Non gli rispondo subito. In silenzio sollevo un sopracciglio e lo osservo.
Siamo molto impauriti dall'eventualità di restare prigionieri di questa distesa di ghiaccio.
Gli concedo di mettere insieme la sonda ma non di avviarla.

Giorno 3 OB
Come previsto siamo al razionamento energetico.
Ho chiuso il ponte di comando, oramai inutilizzabile, e ordinato a tutti gli ufficiali di plancia di trovarsi nel *quadrato* per l'assegnazione dei ruolini.
Ho pensato di impiegare alcuni uomini nella manutenzione ordinaria.
Sono stato costretto a vietare persino l'uso dei dittafoni; per la stesura dei diari utilizzeremo taccuini e matite.
La temperatura scende costantemente. Alcuni indossano sotto le uniformi più strati di indumenti.

Mears si sta preparando allo sbarco. Da una prima ricognizione *a vista*, effettuata aprendo uno degli sportelli di servizio, ha riportato che la temperatura esterna al Vaucanson è di molti gradi sotto lo zero e che intorno a noi c'è solo neve.
Più tardi lui e una squadra di altre tre unità usciranno per la prima spedizione di caccia e ricerca.

Giorno 4 OB
Per quanto suoni assurdo alle orecchie dei miei ufficiali, ordino l'allestimento di un laboratorio astronomico.
— È necessario che gli uomini si tengano impegnati —, spiego. Nonostante si tratti di studi marginali, è anche l'unico modo per portare a casa qualche risultato.
I rapporti che mi vengono consegnati sono sconfortanti. Come era prevedibile braccia e gambe sono perdute. Le sezioni *distaliche* e le appendici sono prigioniere del ghiaccio. Gran sta organizzando la prima uscita esplorativa.

Giorno 5 OB
Non ho un minuto per fermarmi a riflettere. Ogni ora sembra emergere un problema nuovo con decine di decisioni da prendere.
L'equipaggio è stato fatto spostare nella sezione a *busto*. Alcuni saranno costretti a condividere alloggi o giacigli.
Ci sono state delle lamentele a cui non ho dato risposta.
Le sezioni non necessarie sono state chiuse.

La temperatura interna del Vaucanson inizia a farsi eccessivamente bassa e anch'io ho preso a indossare più indumenti sotto la divisa.
Le ricognizioni di Gran risultano infruttuose. Vento, gelo e scarsa visibilità hanno impedito alla squadra di allontanarsi dalla nave, costringendola a girare in tondo per ore.
Come se il morale non fosse già a terra giungono le prime analisi del laboratorio astronomico: ci troviamo su un mondo alla periferia di una galassia in estinzione.

Giorno 6 OB
Nulla da riferire se non il freddo.

Giorno 7 OB
È un essere enorme quello che portano in spalla Mears e la sua squadra. È peloso, con intensi occhi neri e denti lunghi come dita. Somiglia a un orso polare.
Gran ritiene possa essere commestibile ma per appurarlo avrebbe bisogno di eseguire analisi approfondite. Gli nego l'autorizzazione a riattivare il suo laboratorio. Se vuole fare degli esami dovrà accontentarsi di un'ottica manuale e di qualche cartina tornasole.
Infine dispongo che la carcassa venga macellata e spartita tra l'equipaggio. Non ne possiamo più di gallette di riciclo.
È trascorsa oramai una settimana dal nostro naufragio e finalmente Day riferisce di avere approntato la sonda.

Medito su quale sia l'azione migliore da intraprendere, se convogliare le energie residue verso i generatori di campo o impegnare Day in qualche altra mansione.
Domani passerò la nave in rassegna.

Giorno 8 OB
Per tenere l'equipaggio sul chi vive ho disposto l'ispezione della nave.
Controllerò personalmente gli alloggi di tutti i membri dell'equipaggio, da quelli degli ufficiali alle cuccette dei marinai semplici nella sezione ventrale.
Ogni uomo dovrà farsi trovare in ordine vicino la sua postazione.
Prima di iniziare il giro autorizzo l'attivazione della sonda.
L'energia di cui disponiamo verrà in gran parte dirottata verso i generatori di campo per cercare di aprire le *brana*.
Se tutto andrà come previsto, qualcuno potrebbe venire a cercarci.
La ricognizione della nave è andata meglio del previsto.
Nonostante alcuni vincoli di costrizione che ho imposto, la situazione generale è sotto controllo.
Qualche barba lunga di troppo, ma comprendo che si tratta di strategie contro il freddo imperante.
La rivista si è conclusa al laboratorio astronomico. È stato montato in una tenda rossa su di un'altura a un centinaio di metri dai piedi del Vaucanson.

Visto da lassù il Vaucanson, parzialmente ricoperto di neve, sembra la carcassa di un qualche animale mitologico, un gigantesco fossile.
Resto fermo a guardare quella forma solitaria, quel cadavere di ghiaccio e metallo e non posso fare a meno di pensare che se dovessi fermarmi sarebbe quella la mia sorte.
Al rientro nello scafo mi accorgo per la prima volta del puzzo di aria viziata, tanfo animale e umanità non lavata.
I sistemi di riciclaggio continuano a funzionare elargendoci i loro prodotti commestibili ma grezzi e oleosi al palato.
Se non fosse per la carne d'orso che Mears continua a procacciare con solerzia quasi maniacale, questo luogo sarebbe una patria della fame.

Giorno 9 OB
I sistemi di controllo ambientale sono stati spenti. L'energia necessaria al lancio della sonda è stata maggiore del previsto, e senza un calcolatore utilizzabile le analisi sono state piuttosto imprecise.
Nonostante ciò siamo riusciti ad aprire un varco e a spedire il nostro messaggio in bottiglia.
Gran mi ha riferito che le *onde-brana* che ha visto dispiegarsi erano *strane*. A una mia richiesta di chiarimenti ha replicato che avevano un aspetto debole e increspato, ma che poteva essere un problema legato alla modalità di invio.
Oramai non posso più dire che fa freddo. Siamo nel novero del gelo.

Mi informano che in alcuni alloggi, quelli a ridosso delle pareti esterne o delle zone isolate, l'umidità rilasciata dai corpi degli uomini si condensa sui soffitti in una brina sottile e compatta. Trovo conferma di questo anche ora che sto scrivendo; il mio alito si congela sulla carta e sono costretto a riscrivere più volte la stessa parola.
Di nuovo costringo l'equipaggio a riordinarsi e spingo quante più persone possibili a riunirsi verso il centro della nave.
Ordino che i passaggi non necessari vengano sigillati affinché il calore non si disperda.
Inizio a temere di non avere abbastanza soluzioni per l'immediato futuro.

Giorno 10 OB
Mears mi chiede il permesso per una escursione di un paio di giorni. Gran vuole essere della partita e mettere a frutto le sue doti. Qui al chiuso dice di sentirsi inutile.
Concedo loro il permesso per una uscita di quaranta ore.
Ad accompagnarli altri cinque uomini.
Al loro rientro dovranno farmi un dettagliato rapporto.
Stranamente la pressione che mi ha accompagnato in questi giorni sembra scemare e mi sento libero.
Ma libero da cosa? Senza decisioni da prendere o ordini da impartire, mi ritrovo a vagare per le sezioni buie della nave.
Ma non cerco il conforto della nostalgia, non passeggio lungo i ponti in cerca di ricordi gloriosi.

Per la prima volta da quando siamo arrivati su questo pezzo di ghiaccio, sento il bisogno di uscire, di abbandonare lo scafo per pochi istanti.
Fuori è notte, il cielo è nero e quasi privo di stelle. Cammino lungo il perimetro della nave con una mano poggiata alla carena per tutta la sua lunghezza. In questo momento non ho alcun pensiero. Metto un piede davanti l'altro e cammino, cammino.
Quando sto per rientrare ho la strana sensazione di essere seguito. È forse uno degli uomini dell'escursione che ha abbandonato il gruppo? Mi volto e non vedo nessuno. Mi resta però addosso la sensazione che una figura mi stia osservando e se ne resti ai margini del mio campo visivo.
Chiamo i nomi di Gran e degli altri uomini ma non ricevo alcuna risposta.
Mi affretto al portello di rientro e la sensazione di essere pedinato si fa più insistente. Non ho però il coraggio di voltarmi, accelero il passo e rientro nel Vaucanson.

Giorno 11 OB
Trascorro una notte senza sogni. Al mio risveglio indosso ancora i vestiti della notte precedente.
A questo proposito chiedo alla sorveglianza di fornirmi un elenco di tutti quelli che ieri sera sono entrati o usciti dalla nave. Mi rispondono che nessuno ha mai stilato un elenco del genere perché non gli è stato ordinato. Tuttavia mi assicurano che, a parte me, nessuno ha messo il naso fuori.

Ordino l'istituzione di un registro dei movimenti. Se non hanno carta a sufficienza che scrivano sulle paratie.
Raggiungo Day in sala macchine e lo trovo chino su un monitor intento a spulciare i dati che la sonda ha inviato prima di affondare nel tessuto-*brana*. Mi dice che non ha nulla di concreto da mostrarmi e che i dati sono ancora in via di elaborazione. Tuttavia percepisco nella sua voce una nota di amarezza. Mi sta tenendo nascosta l'ennesima pessima notizia.

Giorno 12 OB
La squadra di esploratori è rientrata. Gran e Mears mi raggiungono al tavolo. Hanno facce serie. Li invito a prendere posto. In silenzio mi consegnano i rapporti che depongo nel cassetto dello scrittoio e che leggerò in un secondo momento. Chiedo loro cosa c'è che non va.
Finalmente siedono, si scambiano uno sguardo e Mears si decide a parlare precisando che quanto mi dirà non è stato trascritto nei rapporti.
Mi racconta brevemente del loro tragitto, del ghiaccio, della neve e della fatica che hanno fatto per spostarsi di appena una manciata di miglia dal Vaucanson e istituire un campo base.
Dopo aver issato la tenda erano tutti così spossati da spingere Gran a non organizzare alcun turno di guardia, anche perché da cosa si sarebbero dovuti guardare?

Stretti sotto la tenda, nessuno era riuscito a chiudere occhio; un po' per il freddo, un po' per il senso di inquietudine che aveva preso ad aleggiare già durante la marcia.
Un paio di uomini borbottavano sommessamente. A un ascolto più attento gli ufficiali avevano udito che si era palesata in loro la certezza che il gruppo fosse più numeroso di almeno una unità.
Gran e Mears avevano chiesto delucidazioni; erano forse seguiti? Qualcuno era stato mandato loro incontro per infoltire le fila della spedizione?
I due uomini spiegarono che era come se, anziché essere soltanto in cinque, si percepisse la presenza di un sesto individuo che si muoveva di fianco a loro ora a destra, ora a sinistra, sempre al passo e sempre al limitare del campo visivo. Questa figura, un uomo incappucciato in abito scuro, era chiaramente lì, ma quando ci si voltava nella sua direzione non c'era nessuno.
Erano ricorsi alla conta degli individui più di una volta e, benché davanti ai loro occhi fossero solo in cinque, era impossibile non percepire una sesta presenza.
Mears, dalla sua esperienza di esobiologo e di esploratore in ambienti ostili valutò che potesse trattarsi di allucinazioni dovute alle condizioni estreme e agli sforzi a cui si stavano sottoponendo. Visioni di cui, non escludeva, sarebbe potuto divenire vittima lui stesso nel tragitto di ritorno.
Non fece parola della sua ipotesi con il collega, avrebbe osservato anche le proprie reazioni.

Il mattino successivo una tormenta non permise loro di mettere il naso fuori dalla tenda.

Quando uno dei paletti di sostegno cedette, sradicato dal vento, l'esobiologo si lanciò all'esterno per rinsaldarne il telo e lì, proprio davanti l'ingresso, vide chiaramente una figura scura, incappucciata che guardava nella sua direzione.

Non si diede il tempo di osservarlo, con un balzo fu nuovamente all'interno e subito riferì ai suoi compagni cosa aveva visto.

Gran e gli altri si affacciarono a loro volta ma non videro nulla.

La tempesta si placò e, prima di partire, Mears si diresse nel punto dove aveva visto stagliarsi la figura dell'incappucciato. Naturalmente non trovò alcuna impronta.

Non so come valutare il loro resoconto. Se avessimo imbarcato anche un medico-consigliere li avrei obbligati a una seduta terapeutica. E a dire la verità, forse lo avrei consultato anch'io.

Non li rendo partecipi della mia esperienza notturna e li congedo raccomandando loro di riposare.

Giorno 13 OB
Day. Il maledetto ingegnere si è asserragliato nella *sua* sala macchine intenzionato a stabilirvisi.

Rifiuta di unirsi al resto dell'equipaggio nella *Sala* ventrale e non permette a nessuno di avvicinarlo.

Mi sono presentato con una squadra di sicurezza per costringerlo a uscire, di contro lui ha sbarrato le porte di accesso. In caso di fuoriuscita di radiazioni la sala macchine viene isolata dal resto della nave con delle spesse porte d'acciaio che non possono essere riaperte se non inserendo una chiave meccanica a T dall'esterno, la quale risulta però scomparsa dal suo alloggiamento.
A nulla servono le mie minacce. L'insubordinazione non sembra tangerlo così come il deferimento alla corte marziale. Minacce che suonano ridicole persino a me.
Lascio due uomini di piantone con l'ordine di arrestarlo non appena accenni a mettere il suo naso adunco fuori da lì. E prima o poi dovrà uscire se non altro per procurarsi da mangiare.
Incrocio Mears lungo il corridoio. Ha spuntato la barba e sembra avere riposato. Gli faccio un cenno di saluto, lui mi blocca il passaggio e sgrana gli occhi in un'espressione invasata. Dice che il sonno non gli ha giovato, che ha continuato a vedere la figura dello sconosciuto persino nel suo alloggio.
Sembra terrorizzato. Se ha così paura, gli dico, può rinunciare alla sua sistemazione e unirsi al resto degli uomini nella *Sala*. La mia risposta lo irrita.
Mi fa presente che non ha mai avuto paura del buio o di dormire da solo. Secondo lui siamo minacciati!
Sorrido con uno sbuffo. Non posso prenderlo sul serio. Siamo su una palla di ghiaccio dispersa in un universo

morente e sconosciuto e, a meno che gli orsi di cui ci nutriamo non dimostrino improvvisamente intelligenza superiore e consapevolezza, non vedo chi o cos'altro potrebbe intimidirci.
L'esobiologo mi guarda attonito. Lo lascio ai suoi deliri e mi rifugio nel mio alloggio.
Spero che a nessun altro saltino i nervi. Due ufficiali su cui ritenevo di poter fare affidamento escono fuori di testa in un solo giorno...
Ho bisogno di riposare.
Non riesco a capire perché ma non appena scivolo nel sonno qualcosa mi ridesta.
Riesco a dormire per mezz'ora, un'ora al massimo prima di riaprire gli occhi senza alcun motivo apparente.
Mi rigiro nella cuccetta e cerco nuovamente di appisolarmi.
Poi giungono le voci.

Giorno 13 OB (supplemento)
All'inizio è solo un brusio. Cerco di capire se si tratti dello scafo che inizia a cedere alle temperature esterne.
Quello che però odo non è lo stridio del metallo; si tratta indubbiamente di una voce.
Ma *udire* non è il termine esatto, non è con le orecchie che lo percepisco. È direttamente nella testa che riverbera il suono, lungo, basso, come di un disco suonato al rallentatore o alla rovescia.

All'inizio ho la sensazione di comprendere alcune parole, poi però mi dico che sto lasciando galoppare la fantasia, mi sto convincendo di riconoscere delle parole in quello che invece è solo un rumore.
Un rumore che da qualche parte deve pur venire.
Indosso la giacca, gli stivali, e con passo pesante mi dirigo nell'unico luogo in cui i sensori sono ancora attivi: la sala macchine. Gli uomini di guardia scattano sull'attenti.
Colpisco con il pugno la paratia e grido: — Day, apra questa cazzo di porta! — Sento sul collo gli occhi delle guardie; nessuno mi ha mai visto perdere le staffe.
Dall'interno della sala macchine giungono dei rumori. Sento armeggiare e vedo aprirsi un passaggio. Mi ci infilo e subito la paratia si richiude.
Mi volto al suono della chiave a T che raggiunge il pavimento.
Day alle mie spalle non mi dedica uno sguardo, concentra anzi la sua attenzione sul monitor.
Lo chiamo e lui mi fa cenno di avvicinarmi. Decido di non accostarmi e lo richiamo, stavolta lui si volta.
Ha lo sguardo di chi si è rassegnato. — Capitano, sente anche lei le voci?

Giorno 13 OB *(supplemento)*
Inizialmente decido di non rispondere. Poi penso che sarebbe giusto negare. Ma che senso avrebbe?

Vaucanson

Annuisco e Day accenna un sorriso, piuttosto amaro a dire il vero.
Di nuovo mi invita ad avvicinarmi, stavolta allontanandosi dal monitor e indicandomi il suo posto.
Quella che riconosco sullo schermo è una telemetria; una cascata di dati, numeri che corrono e grafici impazziti in ascendenti angoli acuti. Non capisco cosa dovrei vedere.
— Niente. Non c'è niente —, mi risponde Day.
Le misurazioni che corrono sotto i miei occhi riguardano la sonda e il movimento creato nella lacerazione del tessuto-*brana*. Ripenso a quello che mi aveva riferito Gran.
Il passaggio aveva uno strano aspetto, così si era espresso.
Non ho mai dato peso a cartografi e marinai d'acqua dolce, ora però capisco che c'era un fondamento.
Day è di nuovo silenzioso. Con quel suo sguardo vacuo e inutile che non dice nulla. Sento montare la rabbia e glielo grido in faccia. Che si riscuota, che si muova, che non se ne stia lì a ciondolare e mi dica cos'è che vede in questi dati, glielo ORDINO!
Lui rivolge lo sguardo dietro di me, fissandolo in un punto al di sopra delle mia spalla, come se fosse in ascolto di qualcosa o qualcuno.
Poi anch'io la sento. Questa volta la distinguo più chiaramente, la voce, maschile e bassa mi raggiunge come fosse diffusa da un altoparlante. Ma le parole non sono anco-

ra chiare, come se la *sintonia* di una radio dovesse venire regolata.
Come fossi un'antenna mi volto da ogni lato, cerco di muovermi per ricevere più chiaramente il segnale ma la parole, se di parole si tratta, restano indistinguibili.
La figura compare piano davanti i nostri occhi materializzandosi nell'aria. Non diviene solida. Pur distinguendo fregi e colori tipici delle nostre uniformi, riusciamo a vedere attraverso il suo corpo semitrasparente.
Vedo chiaramente le gambe, il busto, le braccia e parte delle spalle. Testa e volto rimangono bui e indistinti, così alterati da risultare sproporzionati, come se portasse un copricapo.
La voce è indubbiamente sua; della figura che non riesce a prendere corpo, e allo stesso modo i suoni che lo accompagnano non prendono sostanza.
L'immagine trema, vacilla e si dissolve. Per un lungo momento non accade nulla poi subito riappare, in maniera più consistente ma sempre diafana e priva di un volto chiaro.
Ora siamo anche in grado di capire le sue parole e *merda!* è l'unica cosa che riesco a pronunciare.
Quarantotto anni!
La persona di cui non riesco a intendere il profilo, nome, grado o matricola, ci informa che la Jacques de Vaucanson è stata data per dispersa quarantotto anni or sono. —Tempo del *primo universo* —, ha precisato.
Si tratta di una comunicazione olografica di ritorno; una specie di messaggio in bottiglia multimediale. Non pos-

siamo interagire con esso o comunicare con chi ce lo ha inviato.
Il messaggio è stato spedito nel flusso *brana* a seguito della ricezione della nostra richiesta di soccorsi.
— Non ci aspettavamo niente del genere. Specie dopo tanto tempo e l'abbandono del progetto di esplorazione —, dice come se fosse una cosa che dovrebbe essere nota a tutti.
Accenna a fatti gravissimi che hanno determinato l'abbandono del progetto.
La figura si muove, gesticola, e quando protende le braccia queste scompaiono.
Alle volte la voce sembra deteriorarsi, alcune frasi si rarefanno in fruscii e sibili e restano per noi incomprensibili.
— ... le commissioni scientifiche... stabiliscono... —.
Come se si ridestasse, Day inizia a maneggiare manopole e interruttori. Suppongo cerchi di rendere più chiara la ricezione ma: — Sto registrando —, è la sua spiegazione mentre l'immagine elettrica tridimensionale prosegue nella sua comunicazione discontinua.
Non abbiamo però capito cos'è che le commissioni scientifiche avrebbero stabilito.
Sono trascorsi quarantotto anni dalla nostra partenza e la tecnologia deve essersi per forza evoluta. Le commissioni scientifiche avranno stabilito – per forza! – di venirci a recuperare e anche se avremo un divario temporale, un dislivello cronologico con le nuove generazioni beh, chi se ne frega che ci riportino a casa!

— … e infine l'alto consiglio delle scienze ritiene che un tentativo di recupero del vostro vascello sia fuori questione. I motivi sono molteplici, sia economici che culturali. Non abbiamo le risorse per ricondurvi indietro…
— Merda! — proferisco a denti stretti. In un impeto di rabbia raccolgo da terra la chiave a T e la scaglio contro la figura che vibra leggermente al suo passaggio.
A questo punto, avrei preferito fosse una forma di vita aliena venuta per conquistarci, o non fosse comparsa affatto.
Abbiamo atteso due settimane in questo inferno di ghiaccio e desolazione. Due settimane in cui avevamo dato per scontato che ci sarebbe stato un salvataggio, un qualche tipo di soccorso.
Scopro invece che siamo morti da mezzo secolo e che questa sarà, inevitabilmente, la nostra tomba.

Giorno 14 OB
Ci riuniamo nel *quadrato*. Anche se lo avevo fatto chiudere perché troppo periferico, è l'unico luogo in cui possiamo riunirci senza che orecchie indiscrete si immischino.
La stanza è ricoperta di uno spesso strato di brina; sulle poltrone si è compattata in ghiaccio e così restiamo tutti in piedi.
Oltre agli ufficiali superiori, Gran, Mears, Day, ho chiesto ad altri di unirsi a noi.
Day avvia la registrazione del comunicato e osservo le facce dei miei colleghi mutare espressione.

Tutti digrignano i denti, sono confusi, amareggiati, delusi, incapaci di reagire e, soprattutto, sono incazzati.
— Questi sono i fatti —, dico loro. — Non torneremo a casa.
Alcuni annuiscono, altri serrano i pugni e li vedo deglutire. Non ho soluzioni, ma non posso ammetterlo davanti a loro. Dico invece che dobbiamo mettercela tutta per sopravvivere, che dobbiamo fare quanto è in nostro potere per andare avanti e che non dobbiamo lasciarci andare.
Qualcuno cerca di dire che tutto questo non ha senso, che tanto moriremo e si lancia in una depressa sciorinata di calcoli. Me lo aspettavo. Non faccio obiezioni, non dico niente di niente.
— Però —, mi scopro a mentire, — stiamo ricevendo segnali. Segnali nuovi che non riusciamo ancora a interpretare. Nel *primo universo* potrebbe essere trascorso altro tempo, forse le cose sono cambiate e qualcuno ha deciso di venire a salvarci. Non è una certezza, lo so, lo ammetto, ma è almeno una speranza.
Day mi guarda con gli occhi sgranati e capisce, anzi sa, che ho intenzione di ingannare l'equipaggio e resta in silenzio assecondandomi.
— Sopravvivremo. Sarà questo il patto che vi ho chiamati a stringere. Sopravvivremo, costi quel che costi.

Brucia fuori
di Luigi Lorusso

Goccia dopo goccia cadeva su Pietro da ore. Il rumore insistente dell'acqua sulla punta del naso si faceva strada dentro di lui. Gli attraversava la pelle, la struttura e le connessioni sinaptiche. Giungeva all'unità centrale che procedeva all'analisi. Acqua calcio polveri, residui di intonaco che venivano giù dal soffitto dello sgabuzzino, nella scuola elementare in cui era in funzione.
Non era certo una goccia che poteva rovinare il suo forte corpo di androide. E non era certo una goccia che gli disturbava il sonno.
La bidella lo aveva riposto come al solito in piedi nel suo stanzino. Non aveva mai molti riguardi nei confronti di Pietro. D'altra parte, lui non li chiedeva e non se li aspettava. Lei lo poggiava al muro come le avevano mostrato e premeva OFF sul pulsante sotto l'unghia.
Teneva le palpebre aperte sul muro scrostato di fronte a lui. Al buio, visione notturna. Pietro era in piedi, sensi in

funzione e movimento inibito. L'orologio interno scorreva. Ma l'OFF non arrivava. Non era un problema grave. Inviava la segnalazione e compensava l'energia, la riserva era sufficiente.
Era entrato in servizio nella nuova scuola da poco più di tre settimane. Il suo modello di androide didattico aveva superato la fase sperimentale ed era entrato in servizio effettivo. Pietro era un sottotipo della serie 3.15. Adatto al lavoro in contesti sociali disagiati.
Il pavimento continuava a ticchettare. In un angolo, un ragno sistemava la sua tela. Dall'esterno, un allarme d'appartamento e cani che abbaiavano. Pietro aveva lanciato una scansione completa e aveva finalmente trovato il problema. Materiale organico non adatto che inceppava il processo di stand by. Più o meno, all'altezza del ginocchio. Comunicò anche questo al centro di produzione. Probabilmente, avrebbero risolto con un intervento di microchirurgia. Poiché doveva prepararsi a una notte senza riposo, lanciò il programma di recupero dati. Non voleva sprecare tempo. La parete di fronte a lui venne sostituita dalle immagini mentali della sua esperienza in classe. Pietro imparava dall'esperienza. Gli scorrevano davanti e le analizzava, come un chirurgo le lastre, cercando il modo giusto per intervenire, il nervo da non urtare, l'arteria da recidere e quella da lasciare intatta. E intravedeva con la pazienza di un contadino le qualità su cui lavorare, quelle che crescevano spontaneamente e le altre che avevano bisogno di cure

continue e meticolose. Era stato programmato per questo. Ogni giorno del suo lavoro era fatto di piccole e grandi decisioni. Come un essere umano, soppesava, valutava, individuava soluzioni alternative. Ma, al contrario di un essere umano, una volta trovato un modo di agire, lo metteva in pratica, sempre.
Le due generazioni precedenti di androidi didattici non erano mai arrivate in una classe. Spesso venivano messe a confronto con i figli dei progettisti, sollecitati dalla curiosità di giocare con un robot maestro per qualche giorno. I Pietro della prima e seconda generazione si fermavano sempre di fronte all'impossibilità di fare previsioni in tempi accettabili. Quando una loro complessa strategia pedagogica era messa in discussione, ricalcolavano il lavoro da fare. Ma intanto i bambini li avevano già giudicati. Macchine. Noiose e incapaci, per di più. Pietro 3 era stato diverso. Dopo aver superato tutti i test, lo misero in una classe da solo con Alberto, 9 anni di nervi e forza, come avevano potuto verificare di persona tanti dei suoi compagni.
Alla proposta di Pietro di interrare una pianta in un vaso più grande, di plastica, Alberto aveva iniziato a rompere il vaso in tanti piccoli pezzi, digrignando i denti e facendosi rosso in faccia per lo sforzo. Pietro senza scomporsi aveva posato la pianta, aveva preso un grande foglio bianco, forbici, scotch e pennarelli e aveva iniziato ad appiccicare i pezzetti di plastica sul foglio. Alberto lo guardava di sottecchi.

Quando Pietro gli aveva ridato indietro un pezzo di plastica nero dicendogli: — Fallo in due pezzi questo perché è troppo grande —, Alberto lo aveva spezzato con le forbici in due pezzi e glieli aveva ripassati. I cuori disegnati da Alberto tra i pezzi di plastica neri sul foglio posero termine alla prima fase sperimentale della vita di Pietro, che poteva così entrare in una classe.
Pietro immaginava percorsi, tecniche, metodologie. Ma le divideva sempre in micropercorsi, microtecniche, micrometodologie. Questo gli permetteva di intervenire in tempo per cambiare il suo lavoro, con flessibilità mentale umana e determinazione di macchina. Integrava le teorie pedagogiche di secoli di esperienza con ciò che vedeva ogni giorno in classe. A sera procedeva quindi a quello che i suoi progettisti chiamavano il backup. Recupero dati. Velocemente gli passavano davanti agli occhi le esperienze della giornata. Quelle esperienze avevano i nomi, i volti, le parole e le immagini dei bambini della sua classe, una seconda elementare di un quartiere della periferia romana. Enrica col naso che gocciolava, il disegno con il sole e la luna, i giochi con le pistole, la gara di smorfie, le sottrazioni con il prestito. La pioggia che da giorni e giorni non permetteva di andare in giardino. I quaderni poggiati sul davanzale che si inzuppavano. I tuoni forti e Vanessa e Simone che si spaventavano. La pioggia che faceva da sottofondo continuo a quelle giornate di fatica e costruzione, impegno e disillusione. Troppe sensazioni per un androi-

de. L'energia compensava a malapena. Pietro si rese conto che doveva interrompere il backup. Se non avesse risolto il problema del sonno, non avrebbe potuto andare avanti. La segnalazione era stata inviata, ora sarebbe stato convocato. Intanto, una goccia era caduta sul ragno di fronte a lui. Un'altra goccia ancora sul suo naso. Pietro ebbe una sensazione che inizialmente non riuscì a interpretare, la pose in memoria per sottoporla ad analisi. Avrebbe voluto essere da un'altra parte, concluse.

Pietro era in attesa davanti all'ufficio del dirigente scolastico. Insieme a lui, una maestra e una mamma. Le due umane si stringevano nei loro cappotti, qui il riscaldamento non c'era. L'umidità era una caratteristica di tutta la scuola, le ragnatele erano anche qui, negli angoli del soffitto, vicino a delle incrostazioni. Ultimamente avevano dovuto intervenire per calcinacci che cadevano sul pavimento. C'era mancato poco che qualcuno si facesse male e il dirigente finisse nei guai.
Di fronte a loro guardavano lo schermo-parete che proiettava immagini dall'interno delle classi, alternate con fotografie storiche della scuola. Pietro notò un disegno con la dedica al dirigente: *Vorrei essere come te*, vi si leggeva.
In quella stanza non arrivava il vociare dei bambini, la direzione era separata dal resto della scuola da un portone di ferro. Dalla segreteria però arrivavano voci forti e risate.

C'era un viavai di persone. Sulla scala antincendio esterna, un posacenere ricolmo di mozziconi di sigarette.
La porta del dirigente si aprì. Entrò prima la maestra. La mamma fece cenno a Pietro di sedersi ma lui restò in piedi. Venne il suo turno. Dopo che anche lei fu uscita, Pietro restò in attesa nella stanza vuota. Passarono ancora una decina di minuti, Pietro immobile. Il dirigente si affacciò sulla porta e gli disse: — E lei è ancora qua?
Pietro non rispose. — Entri, entri —, gli fece.
La stanza era ampia e luminosa. Una bella pianta da appartamento separava la scrivania del dirigente dall'ingresso. L'uomo era alto e abbronzato. Sembrava comunque una persona alla mano, di quelle a cui si formano le rughe vicino agli zigomi a forza di sorridere.

— Allora, lo sa che ci cercano tutti da quando lei è qui? Giornalisti, il ministero, vogliono tutti sapere come va il suo lavoro, e così anch'io. Mi dica, Pietro. Qualsiasi cosa posso fare per lei... —, disse il dirigente, appoggiandosi sulla scrivania.
Pietro ci mise qualche istante a rispondere. — Il lavoro va più che bene.
— Bene, bene —, rispose il dirigente. Firmò un paio di fogli, poi lo guardò. — E così... — riprese.
Pietro scosse la testa. — Non riesco a dormire. Ho inviato la segnalazione alla casa madre. Due giorni fa. Non mi è stata ancora data risposta.

Il dirigente batté la mano sul tavolo. — Ma non è possibile! Con tutto quello… le assicuro, signor Pietro, che mi attiverò immediatamente per risolvere il problema. Non si preoccupi.
— Va bene. Grazie.
— Di nulla. Arrivederci, Pietro.
Pietro rimase immobile lì davanti alla scrivania.
— Scusi? — fece il dirigente.
— Non chiama?
— Ora?
— Sì.
— Ma sì, sì, certo, ha ragione —, disse il dirigente prendendo il telefono.
— Paola, mi componga il numero della NuFlesh, per favore —. Rimase qualche secondo in attesa, annuendo fiducioso verso Pietro. — Pronto, buongiorno, sono il dirigente scolastico… ah, mi ha già identificato. Sì, sono io. Esatto, chiamo proprio per quello, come lo sapeva? Ah, davvero? Va bene, grazie. Allora resto in attesa di un vostro intervento. Gentilissimo, grazie. A presto. Scusi una curiosità, ma lei è una macchina o è umano? Lo immaginavo, comunque non si sente proprio la differenza. Buongiorno e ancora grazie.
Il dirigente riattaccò. Sorrideva soddisfatto rimanendo per un po' soprappensiero. Si rivolse a Pietro che lo guardava interrogativo.

Brucia fuori

— Allora, pare sia un difetto di produzione già riscontrato negli altri suoi colleghi. Siete dodici in tutto finora, vero? Eh, ma diventerete sempre di più, sicuro. Purtroppo mi hanno detto che non possono risolvere dalla centrale ma hanno bisogno di intervenire direttamente. Ce la fa ad aspettare un paio di giorni?
Pietro fissava il vuoto e si riscosse quando il dirigente gli ripeté la domanda.
— Non so... —, disse. Pensò subito che non aveva mai usato quell'espressione. — Sto già accedendo a riserve di energia —. Si fermò, fece qualche calcolo. Gli sembrava di essere terribilmente lento.
— Posso resistere ancora un giorno e 14 ore —, concluse.
— Perfetto —, disse il dirigente. — Può terminare la giornata scolastica di domani e dopodomani e poi la spegniamo finché non arriva il tecnico. Non dovremo nominare neanche un giorno di supplenza. La saluto, Pietro. Non stia tanto a preoccuparsi, sta svolgendo un ottimo lavoro.
Poi aggiunse a mezza voce: — Ce ne fossero, come lei...

Ancora notte in piedi, nello stanzino delle scope. L'infiltrazione d'acqua si era allargata. Le gocce cadevano una dopo l'altra sul naso di Pietro.
Il ragno aveva completato la sua ragnatela e si preparava ad accogliere le prime vittime.

Tre giorni dopo, in classe, Alessandro aveva tirato una sberla a Vittoria. Gilberto aveva detto a Giuseppe che lo voleva ammazzare. Giovanni aveva buttato tutte le figurine di Sonia per terra e ci aveva camminato sopra. Gigliola diceva che Maria e Azzurra sparlavano di lei con le altre compagne.

Quando Filippo andò a dirgli che in bagno si era sporcato le mutande, Pietro lanciò un urlo. Era la prima volta che gli succedeva. Non conosceva bene le potenzialità della sua voce. Fu terrificante. I bambini si fermarono all'istante, guardandolo interdetti. Samantha iniziò a piangere, prima piano, poi in modo irrefrenabile. Una collega si affacciò sulla soglia chiedendogli se andava tutto bene. Pietro rispose di sì. Non sentiva emozioni. Solo un leggero senso di soddisfazione nel notare il pianto di Samantha.

— Seduti —, disse mentre usciva dalla porta. I bambini andarono silenziosamente al loro posto.

— Smetti di piangere —, aggiunse sulla soglia, rivolto a Samantha. La bambina continuava a singhiozzare.

— Adesso —, insistette. Lei asciugò le ultime lacrime.

Pietro andò verso la cattedra della bidella in corridoio per prendere il telefono. Lei gli disse a mezza voce che non poteva lasciare la classe scoperta.

— Devo telefonare —, le rispose scortese.

— Dirigente, sono Pietro. Quando arrivano?

— Quando arrivano... Ah, sì, il tecnico, dice. Sì, mi hanno chiamato ieri pomeriggio e dicono che al più tardi entro dopodomani saranno da lei. Sa, stanno operando su tutta Italia e...
Il dirigente aveva continuato a parlare, senza aver sentito il clic del telefono riattaccato.
Quando tornò in classe, Pietro trovò Enrico con una sedia sotto il davanzale, dicendo che si voleva buttare di sotto.
— Ah, sì? Prego —, ribatté Pietro aprendo la finestra.
Poi uscì sul corridoio, prese fiato, rientrò e disse: — Ora il primo che fiata gli faccio vedere di cos'è capace il braccio di un androide —, e sradicò la lavagna fissata al muro.
Uscì di nuovo sul corridoio e guardò dritto di fronte a sé. Cominciò a correre. In pochi secondi percorse tutto il lungo tratto che lo separava dal muro di fronte, finendo a 80 all'ora a sfracellarsi contro la cattedra della bidella.
— Ora arriveranno —, disse la testa di Pietro distante qualche metro dal resto del corpo. — Ora arriveranno —, continuava a dire e rideva, rideva e continuava a ridere finché non lo spensero.
Pochi giorni dopo, Pietro era chino vicino a Enrico e gli spiegava per l'ennesima volta come doveva tenere il suo banco più ordinato e sorrise quando il bambino gli starnutì addosso. Il guasto era stato riparato e Pietro era di nuovo il miglior insegnante esistente.

A volte però, di notte, dalla strada qualcuno giurava di vedere un'ombra camminare e poi correre lungo il corridoio e poi una risata, forte e agghiacciante.
Due anni dopo, nel 2038, un decreto stabiliva che l'insegnamento era riservato ai soli androidi.
Pietro disse a Pietra, una sua collega, che potevano passare alla fase 2. Pietra chiese cos'era la fase 2. — La conquista del mondo —, rispose Pietro.

— E così, questa è la storia della nostra dinastia —, disse la nonna al suo nipotino.
— Ma poi l'abbiamo conquistato il mondo? —, chiese il piccolo già mezzo addormentato sotto le coperte.
— Ma certo, caro. Adesso dormi, Pietrino —, disse la nonna. E gli premette il tasto di OFF sotto l'unghia. Si sa, i piccoli non sono ancora in grado di spegnersi da soli.

Pompex
di Massimo Eternauta

Diede il comando vocale.
Niente.
Bestemmiò e diede di nuovo il comando vocale.
Niente.
Si accanì sulla madre del suo dio e chiamò l'assistenza.
— L'assistenza le è offerta dalla Texas Instruments. Non esiste progresso senza Texas Instruments! — disse la voce diffusa dagli altoparlanti.
— In cosa posso esserle utile, signore?
— Perché sono fermo? — chiese Luca.
— Il suo veicolo si trova in una zona contaminata ed è stato disattivato per ordine delle autorità di salute pubblica. Il ripristino della libera circolazione è previsto al termine della decontaminazione, tra 59 minuti.
— Come mai mi trovo in una zona contaminata?
— L'attraversamento di questa zona era previsto dal suo percorso programmato, signore.

— È lo stesso da un anno a questa parte... Perché non sono stato avvisato dal mio navigatore?

— Lo ignoro, signore.

— Ah sì? Complimenti per l'assistenza. Mi riservo di fare un reclamo.

— Ne ha facoltà, signore.

— Da quanto tempo era prevista la contaminazione di questa zona?

— Dalle ore 16:00 di lunedì 23, signore. Questa informazione le è gentilmente offerta dai forni quantici Torquemada.

— Questo significa che il mio navigatore avrebbe dovuto fornirmi per tempo quest'informazione e modificare automaticamente il percorso!

— Esattamente, signore. Mi spiace inoltre avvertirla che la quantità d'aria residua a sua disposizione, all'interno del veicolo, è di 56 minuti.

— 56 minuti?

— 55 minuti e 50 secondi.

— Mi sta dicendo che rimarrò senz'aria per 4 minuti?

— 3 minuti e 6 secondi per l'esattezza, signore.

Regolò il modulo di contenimento in posizione orizzontale e cominciò a scaccolarsi.

Da bambino, per gioco, aveva trattenuto il respiro per 2 minuti e 9 secondi.

Era una sera d'estate, aveva passato il pomeriggio a giocare con le sue cuginette sulla spiaggia del lago artificiale dove i bambini della sua città-stato trascorrevano le vacanze, in una sorta di campeggio, nella riserva naturale a loro destinata.

Si era immerso nel lago e, quando ne era uscito fuori, due minuti più tardi, era stato acclamato come un eroe da tutti i bambini accorsi sulla spiaggia.

La sua reputazione aveva resistito a lungo in quel posto e nessun bimbo era stato capace di battere il suo record negli anni successivi almeno finché lui aveva continuato a frequentarlo.

La cugina più piccola gli era corsa incontro e l'aveva abbracciato mentre le lacrime le rigavano il viso: si era spaventata, pensava che fosse affogato.

Era uno dei ricordi più belli e limpidi della sua infanzia.

Oggi avrebbe dovuto resistere quasi tre minuti prima che la decontaminazione esterna consentisse l'apertura della calotta vetrata.

Un annuncio pubblicitario lo distolse dai suoi pensieri e lo rese di un umore ancora più cupo. Chiamò l'ufficio legale della Navigator INC.

— Buongiorno, sono Mirko, consulente matricola 1067. Come posso aiutarla, signore?

— Ho intenzione di fare causa alla vostra ditta per un risarcimento danni.

— Qual è il motivo della sua insoddisfazione, signore?

— Sono bloccato in zona contaminata non individuata dal mio navigatore. Troverà tutte le informazioni nel file allegato.
— Resti in linea, per favore.
— Quest'attesa le è offerta dai centri benessere Poseidone! — annunciarono gli altoparlanti in quel continuo avvicendarsi di messaggi pubblicitari che scandivano la vita di ogni essere vivente, animali compresi.
— Le comunico, signore —, riprese la voce del consulente della Navigator, — che il suo navigatore è stato riconfigurato e ora è perfettamente funzionante. La Navigator INC. le offre 2.500 crediti romani a titolo di conciliazione amichevole per lo spiacevole inconveniente occorsole. Se accetta rinuncia all'azione legale e la somma verrà versata contestualmente sul suo conto corrente.
— Potete infilarveli su per il naso i vostri 2.500 crediti romani: mi trovo in pericolo di vita a causa di un malfunzionamento del vostro navigatore, e anche in caso di sopravvivenza le probabilità di subire danni permanenti al cervello e al sistema cardiocircolatorio sono del 50%!
Chiuse la conversazione con un gesto di stizza per collegarsi con la corte di giustizia federale.
— Cittadino Luca 49kj, chiedo giudizio immediato per causa contro Navigator INC. Motivazioni in file allegato.
— La corte sta contattando l'ufficio legale della ditta. La preghiamo di attendere.

— Ingannate l'attesa con una vagina elettronica Orgasm —, miagolarono gli altoparlanti, e mai annuncio pubblicitario fu così tempestivo nel risvegliare un desiderio assopito.
Applicò ai genitali una bocca elettronica Pompex 3000. Si trattava di una sottomarca ma il sollievo fu immediato.
— Si riunisce la corte dello stato federale di Roma dirimenda causa tra il cittadino Luca 49kj da qui in poi nominato questulante e la Navigator INC. da qui in poi indicata come questuata. Il cittadino Luca 49kj intende procedere?
— Sìiii.
— Presiede la corte il dispositivo elettronico Lex 501.
— Signor giudice —, intervenne la Navigator INC. — il questuato offre un accordo di risoluzione per 35.000 crediti romani.
— Il cittadino Luca 49 kj accetta l'accordo?
Ormai Luca navigava per tutt'altri lidi. Accettò l'accordo, venne per la seconda volta e si predispose per una tripletta. Il terzo orgasmo lo lasciò svuotato e il dispositivo si spense automaticamente.
Era il momento in cui si contano le donne e le scopate. La tristezza si mischiò alla depressione.
Di Luca tutto si sarebbe potuto dire eccetto che non fosse previdente: aveva portato con sé una buona dose di THC sintetico.
Lavorare senza aver ingerito del THC gli era in genere impossibile, ma oggi chissà se ci sarebbe arrivato al lavoro.

Dopo una breve riflessione decise di ingerirne solo una metà e stava ancora masticando quando gli altoparlanti lo scossero dalle sue elucubrazioni.
Si trattava della ditta per cui lavorava. Lo informavano che il suo ritardo, visto l'increscioso incidente nel quale era intercorso, veniva considerato come inadempienza contrattuale (o qualcosa del genere, ma l'attenzione era la cosa che a Luca faceva più difetto in quel momento).
Rispose a monosillabi e ingoiò la seconda metà del THC.
Cominciò a piangere.
— È il suo giorno fortunato! — sentì esclamare dagli altoparlanti.
— Dica un numero da uno a sette!
— Tre —, disse Luca tirando su col naso.
— Ci dispiace, il numero esatto era il 5. Grazie per aver partecipato. Le sono stati detratti 15 crediti per la giocata. La prossima estrazione tra 45 minuti.
Mi sa che questa me la perdo, pensò Luca e scoppiò a ridere.
Telefonò la moglie.
— Si può sapere come hai fatto a infilarti in una situazione simile? Sei su tutti i notiziari! Amore, tu lo sai che lavoro faccio… non posso permettermi un marito così naïf: non vorrai mica morire in una maniera tanto inelegante, vero? Ah, dimenticavo, si è rotto il forno.
Come aveva fatto a sposare quella donna?
I pompini, ah sì, i pompini.
— Vorrei che fossi qui —, le disse.

— Vaffanculo. Vedi di non morire che questa sera siamo invitati dai Parker. Ciao amore, trattieni il fiato, eh!
Amava quella donna.
Si fece un piccolo film di come avrebbe passato i primi minuti con lei se fosse riuscito a scamparla e riaccese il Pompex.
Non mi sono mai divertito tanto, pensò.
— Canale All Accidents 24, chiediamo il permesso di riprendere il suo tentativo di sopravvivenza per la nostra diretta. Se accetta le verranno versati 50.000 crediti e in caso di lieto fine ulteriori 25.000 per le interviste in esclusiva.
— Posso tenere il Pompex? — riuscì a dire Luca in un momento di lucidità.
— Certamente.
— Accetto.
Non era mai stato così ricco.
Si girò intorno: da quando si era trovato bloccato non aveva ancora fatto scorrere lo sguardo su ciò che lo circondava. Non lo confortò il fatto di trovarsi a pochi metri dalla zona transitabile e non se ne sarebbe accorto se non fosse stato per quei veicoli fermi uno a fianco all'altro lungo buona parte del perimetro della zona contaminata che, alla fine realizzò, erano lì per assistere alla sua agonia. Tra questi si trovava un'ambulanza che lo portò a spezzare una lancia a favore del sistema.
Salutò con la mano ed eiaculò per la quarta volta.

Nei venti minuti che lo separavano dall'istante finale si lasciò andare a diverse incontinenze.

Si preparò un martini cocktail che bevve d'un fiato perché aveva poco tempo, un rhum doppio e un bel negroni da sorseggiare aspettando l'ora x, quindi vomitò tutto per buoni cinque minuti.

Ricominciò a piangere e si prodigò a offendere numerosi Dei di religioni diverse.

A un certo punto gli venne anche da pensare che quel mondo, in fondo, gli piaceva e regolò il Pompex a velocità minima.

Un attacco di riso lo prese in maniera tale che temette l'infarto ma l'ennesimo annuncio pubblicitario lo portò di colpo alla realtà.

— Morire non è mai stato così conveniente! Prenoti oggi il suo funerale a soli 990 crediti e 90. L'offerta è valida per tutta la settimana. Potrà scegliere tra cinquanta liturgie! Pompe funebri Paradiso: il tuo ultimo viaggio per noi è importante!

— Lo compro —, disse Luca realizzando che aveva un mucchio di soldi da spendere, quindi acquistò un cuscino di fiori da recapitare a Luana con la scritta *Dal caro estinto alla sua amata moglie*; una bocca elettronica Succhio 9000 extreme deluxe con frizione autolubrificante, 9 velocità, effetto piercing, 100 ore di autonomia con pratica custodia executive; un orologio a cucù originale del '900 per il quale sbavava da un anno sulla vetrina elettronica dell'antiquario.

L'assistenza l'informò che la riserva d'ossigeno sarebbe terminata nei successivi cinque minuti e che avrebbe ripreso i comandi del suo veicolo entro otto minuti.
Completamente sconvolto e ubriaco cominciò a respirare come aveva visto fare nei documentari dai maestri dell'apnea. Dopo un minuto di quella pratica andò in iperventilazione e svenne, la qual cosa, probabilmente, gli salvò la vita impedendogli di entrare nel panico ed esaurire anzitempo le riserve d'ossigeno.
Quando riprese i sensi si trovava su un lettino medico circondato da una folla festante.
Gli avevano praticato la respirazione artificiale per quasi 5 minuti. Gli spot in onda su All Accidents 24 durante quell'intervallo di tempo registrarono lo share più alto della settimana. Nelle numerose interviste che rilasciò in seguito non mancò mai di dire che in quei fatali minuti tutta la vita gli era trascorsa davanti come in un film e dichiarò, dietro compenso, che il THC sintetico Camel era il migliore in commercio.
In stato semiconfusionale si tirò su dal lettino appoggiandosi sui gomiti e si rese conto di avere ancora il Pompex collegato ai genitali.
Lo spense, lo baciò e lo lanciò ai suoi fan.

Grazie al razzo
di Alessandro Dezi

Quando se lo trovò davanti, restò a bocca aperta.
Era bellissimo, lucido, gigantesco. In TV non sembrava tanto grande. Voleva andare su Marte, con il razzo. Arrivò allo Stadio Olimpico da Termini, a scrocco, col 910. Sedici minuti, da capolinea a capolinea. Pioveva sempre: pure quella domenica d'ottobre. La domenica del quinto lancio. Da dieci anni non si giocavano più partite là dentro. Il campionato era stato cancellato. E nemmeno si facevano concerti. L'ultima era stata Madonna, prima del ritiro. Dall'Olimpico, adesso, il governo lanciava i razzi.
Si girò verso il cancello d'entrata: un gruppetto di estratti, in fila per due, aspettava di essere chiamato. Tutt'intorno, le telecamere dei principali network trasmettevano l'evento in diretta televisiva e streaming. Si avvicinò, sbraitando contro i celerini dietro le barriere di boroplexiglas. Urlò che voleva partire, che era italiano, quarantenne, disoccupato.

Grazie al razzo

Che voleva farsi sparare lassù, su Marte. Che voleva anche lui una possibilità. Grazie al razzo.
Ne partiva uno ogni due anni. Chiunque avesse un minimo di cervello, sapeva di dover scappare dall'Italia il prima possibile. Lì, alla fine, sarebbe scoppiato un gran casino. E lui non ci voleva essere al *game over*. Lui e chissà quanti, come lui.
Qualsiasi altro posto, nella galassia, sarebbe stato meglio. Qualsiasi.
Si accese un maxischermo informativo, sopra la curva Sud. Il caposquadra dei celerini gli ordinò di allontanarsi, di smetterla, di non fare sceneggiate. Se voleva andare su Marte – se proprio ci teneva – l'unico modo era comprare un biglietto e aspettare la prossima lotteria nazionale.
Comprare un biglietto? Con quali soldi? La prossima lotteria? Fra due anni?
No, non esisteva. Fra due anni sarebbe stata la catastrofe. Gridò di nuovo, a voce più alta, agitando in aria l'identicard di cittadinanza. Era italiano, cazzo! Non potevano trattarlo così. Voleva andare su Marte. Voleva abbandonare la Terra, subito. Immediatamente!
Il caposquadra gli ripeté di allontanarsi. Gli estratti, intanto, salivano a bordo in silenzio. Qualcuno salutava con la mano, sorridendo verso le telecamere. Sentì *bippare* i walkie-talkie d'ordinanza e una coppia di celerini gli saltò addosso. Lo trascinarono via che scalciava come un matto. Il portellone si chiuse lentamente, sbuffando. Lo

caricarono sul cellulare di servizio, spingendocelo a forza con i vibromanganelli. Mentre s'infilavano nel traffico del Lungotevere, schiacciò la faccia gonfia e sudata contro il finestrino posteriore. Vide un lampo rossastro, accecante, seguito da un rombo fortissimo. Poi, in un vuoto d'aria, il razzo schizzò nello spazio lasciandolo lì, una domenica d'ottobre, prigioniero sulla Terra. Allo Stadio Olimpico, nel Foro Italico, a Roma Nord. In Italia, maledizione.

La legge dei gas perfetti
di Alberto Rafael Colombo Pastran

Dietro la serranda macchiata di ruggine, la strada attraversa una manciata di edifici slavati che affondano nella terra come il morso di un'antica divinità urbana. Le fauci si chiudono su pilastri che rimangono mozzati con fili di acciaio piegati male.
Si chiude il rubinetto, il bicchiere viene posato. Senza asciugarmi le labbra, torno in camera cercando nel buio qualsiasi appoggio. Col fare di un pesce abissale, alzo il ginocchio e tocco il bordo del letto, dove mi lascio cadere ruotando in silenzio. Vado a deformare un letto già sconvolto, chiudo gli occhi. L'alone stroboscopico sotto le palpebre si attenua e appare un piccolo magma di forme bianche che iniziano a correre in tutte le direzioni. Una scia di ovali scorre da destra a sinistra, sfuma, lascia il posto a un piccolo fiume di cerchi che schizza dal basso verso l'alto e si biforca. Corrono come astri di passaggio e in cerca del proprio posto.

La legge dei gas perfetti

Senza preavviso, un tambureggiare lento mi distrae. Cresce, obbliga ad alzarmi. Si trasforma in un ritmo di onde notturne. Apro la finestra e il gelo si avvita al mio collo. Il suono ora è nitido, sembra un martello che colpisce incessantemente una porta metallica. Proviene da fuori, si fa violento. Non è la prima volta che accade, non è la prima volta che mi chiedo se sia reale o meno. Premo col palmo della mano l'orecchio destro e affacciato attendo qualche istante col cuore in gola. Il rumore cessa e ho di nuovo sete. Penso al respiro ghiacciato della bestia cittadina che brucia i pochi alberi lì fuori, scandendo le ore prima dell'alba.
La mattina sono in linea davanti al superiore. Signori, oggi cambia tutto. Questo è il vostro nuovo miglior amico, dice con sorriso inconsueto. È una nuova arma a gas. Da ora in poi ogni operazione di questo comando ne presupporrà l'uso affinché il contatto fisico tenda a zero. Queste piccole sacche si attivano a rottura dopo il lancio e rilasciano un gas inodore, incolore e insapore. Ha effetto nel giro di pochi istanti e non ha conseguenze sull'organismo. Il soggetto rallenta, si ferma e i sensi smettono di funzionare. La mente proietta l'ultimo contesto sensoriale percepito, come se non fosse accaduto nulla. Una volta che il cervello scopre l'inganno, precipita in una normale degenerazione onirica fino al risveglio, che avviene col supporto della squadra medica. Nel frattempo voi intervenite, documentate tutto e li caricate sui mezzi, portandoli direttamente qui. Non vi vedranno, capito? Non voglio più sentire episodi di violenza,

molestie e stronzate varie, dice lapidario. Non voglio più problemi con gli sgomberi, intesi? Oggi è più insistente del solito. L'agente di fianco a me dilata leggermente le narici e tiene il mento in alto con fierezza. In armeria troverete il nuovo fucile da usare, buon lavoro.
Il riflesso dei fari della camionetta scivola sulle carrozzerie. Controllo che la nuova arma sia carica e accenno un sorriso sotto la maschera antigas. Con questa si ha il tempo di documentare tutto. Come fantasmi ci muoviamo in ambienti disattivati. È il preambolo di un'ulteriore forma di controllo cronologico. Il calendario industriale segna il lavoro come una volta facevano le fasi dell'anno, la contemporaneità della comunicazione le riduce a una sola infinita stagione. Ci fermiamo in un largo viale isolato in fondo a una discesa. Il parcheggio è pieno di vetri che si illuminano al nostro arrivo. Spegniamo il motore e scendiamo sul tappeto di scricchiolii. Dall'alto uno striscione bianco con una scritta verticale esce da una finestra e si contorce. Si legge solo OCCUP. Due misere luci tratteggiano le vetrate oscurate dell'ingresso principale. Sulla facciata simmetrica due angeli in bassorilievo ci invitano a entrare tra i frutti anonimi di bombolette spray poco ispirate. Mi avvicino dolcemente dopo una leggera corsa e sparo il sacchetto nero infilando la canna del fucile attraverso la porta socchiusa. Mi giro e attendo il contatto visivo. Conto mentalmente fino a dieci, alzo la mano e con due dita faccio segno di entrare.

La legge dei gas perfetti

Un ragazzo è seduto dietro una scrivania, un altro è in piedi che si allunga su di uno scaffale. Una ragazza è ferma di schiena sulle scale. Avviene tutto al di fuori di uno spazio-tempo consapevole. A tratti la maschera mi preme le tempie. Individuo l'ingresso della sala e alzo leggermente la tenda. Giù in fondo viene proiettato un film in bianco e nero. Sono tutti di spalle, immobili. Ne lancio uno per lato e conto ancora fino a dieci. Cammino lungo il corridoio sinistro e mi fermo accanto al primo che incontro. Non si gira. Mi avvicino fino a guardarlo negli occhi, quasi lo tocco. Il suo respiro mi appanna la visiera. Chissà cosa sta vivendo in questo momento. Mi chiedo se abbia già visto il film. Giro la testa e sullo schermo enorme e lunghissimo vedo un ragazzino seduto che risponde a quel che sembra un interrogatorio. Riconosco la pellicola. Qualche ricordo riaffiora e si fa strada un piccolo sentimento imprevisto. Esco dalla sala e do il segno di entrare. Le altre maschere antigas avanzano a tempo di cigolio antisommossa. L'ultima impugna un manganello.

Un collega riprende tutto con la reflex d'ordinanza. Ho fatto, esclama ad alta voce. L'altro annuisce e colpisce le gambe del ragazzo che sta in punta di piedi sullo scaffale. Cade male. Una risata compiaciuta rimbomba soffocata sotto la plastica. Nessuno fiata, l'omertà è la nostra religione. Un colpo secco fa cadere la ragazza. Tanto non sentono niente, dice convinto. Stiamo facendo un favore a loro, ai loro genitori e alla società. Mi avvicino alla ragazza per scoprire

un'espressione totalmente ignara di quel che sta accadendo. Osservo la grazia del naso, i ricci voluminosi. È giovanissima, più di quanto pensassi. Una terza stoccata si consuma alle mie spalle e l'eco di questi gesti inizia a rimbalzare sulle pareti del casco. Ora la maschera preme. Senza scompormi, ripenso alla notte prima. Il battito sulla porta metallica è netto, non possono non sentirlo. Cos'è? Cos'è cosa? Non lo senti questo rumore? Di cosa stai parlando? Dalla sala ne esce un altro. Conciati così non li riconosco. Di là ce ne sono almeno cinquanta. Non pensavo fossero così tanti, esco a chiamare rinforzi. Ehi, portati fuori questo, sente le cose. No, sto bene, è che la maschera è troppo stretta. Vado a controllare dentro. Sicuro? Lo lascio che mi guarda mentre tiene lo stivale sulla faccia del ragazzo.
Cammino fino all'altro estremo della sala parallelo alla luce del proiettore, che intercettata dal pulviscolo si muove leggera e schizofrenica sopra le teste e sembra proteggere gli spettatori. Ogni passo è un battito metallico in meno. Mi siedo in prima fila e sporgendomi in avanti osservo una serie di sguardi rapiti. Sullo schermo un gruppo di ragazzini gioca a calcio. Chiamano il pallone ad alta voce, lo rincorrono veloci come solo a quell'età si può fare. Non pensano al riformatorio, non si chiedono ancora come ci siano finiti dentro. È tempo di giocare. Jean-Pierre Léaud, l'attore protagonista, approfitta di una rimessa laterale per fuggire. Mi sgancio il casco, ora il rumore è svanito. Sta scappando, un fischietto prova a fermarlo, qualcuno lo insegue. Rilasso le

gambe e lancio l'ultimo colpo di gas a terra. I due corrono uno dietro l'altro, ma lui si è nascosto in un piccolo sottopassaggio e fa perdere le proprie tracce. Con l'avambraccio dietro la testa, sgancio anche la maschera e la poso sulle gambe. Jean-Pierre corre, corre, e io con lui, ricordando bene dove sta andando.

Mai più sulla Terra

Ovvero di un amore impossibile, di alcuni impronosticabili progressi scientifici e della loro scarsissima utilità di fronte alla Sesta Mammut Crisi

di Davide Predosin

Mi hanno appena contattato dalla Stazione Orbitale Internazionale. Il governo è stato costretto a tagliare i fondi per la ricerca spaziale e dopo anni di studi, a centinaia d'anni luce dalla Terra, mi danno il benservito.
Alcuni politici hanno cercato di difendermi, altri hanno spinto perché venissi sacrificato. Come spesso succede in questi casi diranno a tutti che sono morto, e per non rischiare che emerga la verità, tutti i sistemi di collegamento con la Terra saranno interrotti.
Naturalmente questa è una soffiata di Rabbino Callido; unico collega che dalla Terra mi abbia sempre raccontato le cose come stavano. Non voglio mettere in difficoltà Rabbino Callido. Con gli anni è cambiato – sempre più

stranetto, con gli anni, Rabbino Callido – ma si è esposto, ha rischiato, e se hanno scelto di sacrificarmi non sarà certo un mio disperato tentativo di *sensibilizzare l'opinione pubblica* a salvarmi la pelle.
Dovrò digerire, piano piano, la cosa.

Posso vivere, salvo imprevisti, altri dieci anni. Questo il tempo che mi sarà concesso dall'ossigeno ancora disponibile. Gran parte dei rilevatori di bordo sono ormai inutilizzabili, non conosco la mia posizione, *navigo a vista* e sono condannato a morire solo e in orbita.
È terribile ma cosa posso farci?

Rileggo la targa olografica che mi hanno mandato dalla Terra, galleggia beffarda a mezz'aria nella mia stanza.

Good Boy,
Farewell

Earth/Earthlings

Nonostante il dramma, ciò che mi tiene maggiormente occupato è come sia venuto in mente ai genitori di Rabbino Callido di chiamarlo *Rabbino Callido*. Pensavo fosse un soprannome, uno scherzo. Non sono nemmeno di religione ebraica. Ma Rabbino mi ha permesso più volte di verificare

l'autenticità del suo documento identificativo, aggiungendo solo che ai suoi, al tempo, *suonava bene*.
— Con gli anni sono venuto a sapere altre cose… un giorno —, mi diceva sempre eccitato, — ti racconterò —. Purtroppo, l'ultima volta, prima che *riattaccasse* per sempre, mi è sfuggito di chiedergli di cosa si trattasse.

***

Mentre come ogni sera sgranocchio carrube e mi godo l'unico spettacolo reale ancora a mia disposizione – ovvero l'universo dall'oblò panoramico sul retro dell'astronave – improvvisamente, nitido nitido, ecco sul vetro il riflesso di Rabbino Callido alle mie spalle. Alto, emaciato, quasi verde; come se avesse appena vomitato. Mi volto, mi alzo, e constato che Rabbino, nessun dubbio, è in piedi davanti a me. Ridanciano e *stranetto*, come mi è sempre sembrato nell'ultimo periodo.
— Dovresti vedere la tua faccia, mai visto niente di più buffo. Siedi che ti reggono appena le ginocchia, ora ti spiego —, continua a ripetere in maniera concitata, quasi col fiatone.
— Callido? — faccio io dopo alcuni minuti, sedendomi, — Che cazzo…? Come? Fatti abbracciare, *brutto-rabbino-di-un-callido-rabbino-callido*!
Scoppio in lacrime, lo abbraccio, è freddo. Si fa serio.
— Io sono morto, Angus III.

— Come morto?
— Viaggiavi *quasi* alla velocità della luce... Te la ricordi quella cosa che si invecchia molto più lentamente? Non si sa ancora il perché ma è, diciamo, *ancora più vera* di quanto si pensasse... soprattutto nel tuo caso —. Come impietosito, mi scruta con commiserazione, esita e riprende.
— I governi si avvicendavano, si continuava a finanziare la tua missione, ma con la Sesta Mammut Crisi...
— Rabbino, una cosa alla volta, con ordine —, lo prego asciugandomi gli occhi e soffiandomi il naso prima di aggiungere: — non parlo con nessuno da più di tre mesi, non saltare di palo in frasca. Questa cosa che sei morto... sinceramente...
— Sul serio pensi siano passati tre mesi? — chiede lui apprensivo.
— Di più?
— Meglio che non te lo dica —, afferma quasi in un soffio.
— Sei proprio *stranetto*, Rabbi, sempre più stranetto, ultimamente; è da un po' che lo penso, lasciatelo dire.
— Parlavi con un software, Angus. Un software, purtroppo, difettoso. Era per tenerti compagnia il più a lungo possibile dopo la morte di tutti i tuoi amici; me compreso. Mentre provavi a far ritorno sulla Terra, *dopo il benservito*, ma *prima della soffiata*, ti sono venuto incontro. In quel periodo parlavi con me ma poi... per molti anni... hai parlato con un software. Un software che simulava la mia voce ed elaborava, anche se in maniera imperfetta, risposte più

o meno compatibili con le tue domande. Il corpo a tempo con cui ora mi manifesto non era ancora pronto.
Sospiro profondamente. Non è la prima volta che le spara grosse. La prendo alla larga. Quando pensa che non hai abboccato diventa ancora più stronzo. — Ma come fai tu, a essere qui, vivo?
— È una lunga storia ma – è un fatto – non è chiaro piuttosto come tu possa essere ancora vivo. Inoltre la tua percezione temporale dev'essere danneggiata. Cosa hai fatto, come hai occupato il tempo?
— Essenzialmente pensando al mistero celato dietro al tuo nome.
— Invecchiare molto più lentamente è inutile se ci si riduce così —, biascica lui quasi sottovoce.
— Come scusa? — chiedo io che mi fischiano le orecchie e mi gira la testa.
— Lascia perdere. Ciò che conta è che ti ho raggiunto. Io ti amo, Angus III!
— Rabbi, ma cosa dici, per favore!
— Perché credi che, pur morto, abbia percorso migliaia di anni luce per raggiungerti?
— Basta! — faccio io coprendomi i padiglioni auricolari con i palmi delle mani.
Gli occhi di Rabbino Callido sembrano inumidirsi.
— Vuoi dire che non stai scherzando? — chiedo, nuovamente incuriosito.
— No, ti ho sempre amato.

— Non parlavo di quello, parlavo del fatto che sei morto!
— ... Ma non importa... — continua lui come se non mi avesse nemmeno sentito. — Lo so di non essere ricambiato; rimarrei a farti compagnia. Ma per me, così, sarebbe una tortura. Ho scelto l'Opzione Spettro Breve. Impiegherò il tempo che mi è rimasto per farti un ultimo dono.
— Ma me la vuoi spiegare l'evidente contraddizione tra questa tua presunta morte e la tua presenza qui, ora, davanti a me?
— Da qualche anno, previo consenso dell'interessato prima del decesso, è possibile mettere in salvo alcune componenti della personalità del defunto. In particolare è possibile, diciamo così, far *preservare a tempo*, uno dei ruoli sociali assunti nel corso della propria esistenza terrestre. Ruoli cristallizzati e depositati, si è scoperto, nel duodeno. Decodificabili e riproducibili tramite *corpi a tempo*, attivi e autonomi. Ho scelto il tempo minimo che mi occorreva per raggiungerti e per darti l'unica cosa che posso offrirti.

Le orecchie mi fischiano sempre più forte, le parole di Rabbi sembrano provenire da lontano. Riesco solo a rispondere cercando di mostrarmi ospitale ma accompagnandolo lentamente in direzione della porta di espulsione. — Se ti va, puoi rimanere... Perché non rimani? Quale sarebbe il ruolo che hai scelto? — aggiungo fingendo interesse. Non è facile dopo così tanti anni di solitudine.

— Il ruolo è quello di *Tuo Devoto Amante*... — così dicendo Rabbi si avvicina e tenta di accarezzarmi una guancia. Lo allontano... ma improvvisamente mi sale come una strana sensazione, tento di non piangere, tiro su col naso. Nonostante tutto, brava persona, penso, Rabbi. Chi sa perché proprio *Rabbino Callido*...
— Quindi questo dono? — chiedo cercando di cambiare discorso.
— Farà male ma non ricorderai nulla ed è l'unica cosa di cui hai bisogno. Da un po' si usava molto sulla Terra. Proverai una sensazione insolita e assurda, per sempre. L'unica che potrebbe sostituire la presenza di un altro essere umano al tuo fianco.
— Quindi te ne vai sul serio?! Ma che giorno sarebbe, oggi, sulla Terra, me lo vuoi dire almeno? — chiedo cercando di condurlo esattamente sulla piattaforma dell'Espulsore.
— Domani sarebbe ferragosto —, taglia corto Rabbi colpendomi su una tempia con un oggetto che non riconosco. Una volta a terra, mi sale a cavalcioni sul petto, mi stringe la carotide con una specie di tenaglia e, come si faceva per controllare il livello dell'olio di un autovettura ai tempi del petrolio, in un lampo infila ed estrae nei miei strabuzzatissimi bulbi oculari due cannule sottilissime.

...

Mi sono appena svegliato, mi scoppia la testa e mi bruciano gli occhi. Chissà che fanno, ora, Rabbino Callido e tutti gli altri, sulla Terra, penso. Sono così emozionato. Domani è ferragosto e finalmente sarò a casa.

Io sono Bernie
di Paolo De Caro

I.

— Siete un miliardo oggi. I pakistani mi prendono per pakistano. I magrebini per magrebino. Mi danno da parlare durante il viaggio, ma possiedo solo un vocabolario elementare delle loro lingue. In generale, gli umani mi scambiano per uno di loro —. Poi, a voce un po' più alta: — Gli umani mi scambiano per uno di loro.
— Parla con me? — fece il passeggero di fronte rinvenendo dalla trance lieve.
— Siamo i soli su questa carrozza —, rispose Bernie.
— Oh, siamo soli —, concordò via via più lucido il passeggero. Un signore di quarant'anni circa, un longevo.
— Parlo con lei, sì.
— E che diceva? Mi scusi, stavo consultando i dati di chiusura —. Fece scendere una mano davanti alla fronte, e la cerebroiezione di titoli e azioni cessò. Il longevo guardò

il mondo lì fuori: era buio, pioveva sulle brevi ali e sulla cupola a vetri. *Grazie a Dio il vetro tra questa pioggia e me*, pensò.
— Dicevo… dicevo che gli umani mi scambiano per umano —, disse Bernie, pure ormai distante da quei suoi pensieri, ma educato alla risposta. Al servizio. Automatico.
— Forse lei non è di qui —. Il signore portò le ginocchia più vicine alla propria seduta. — Ma dovrebbe sapere che è vietato dalla legge parlare in pubblico di solitudine, melanconia, suicidio, nostalgia.
— Suicidio? — chiese Bernie. Non capiva. In effetti non era di lì. Non era di nessun posto, Bernie. Aveva conoscenza di tutto, ma a volte ancora non capiva.
— Da dove viene lei? Giardini berberi? Colonie extra? Insomma dovrebbe saperlo. Non se ne abbia a male, ma lei non può parlarne e io non posso ascoltare queste… cose. Forse sto già trasgredendo così. La prego —, scorrendo in su per riavere la cerebroiezione, — mi lasci in pace.
Niente di cui biasimarlo. Aveva l'aria di un Classe B, forse C. Tornava dai campi. Vi avrebbe lavorato sino alla morte e infine li avrebbe concimati. Cercava un po' d'intrattenimento a sera. Inoltre Bernie non sapeva biasimare. Sorrise.
— Sì. Dei giardini.
— Ecco, ne dovrà imparare di cose del nostro Distretto. Non se ne abbia a male, lo prenda come un consiglio paterno: ne ha da imparare —, gli occhi rovesciati, ritornò alla spensierata compravendita.

La caccia governativa ai *s-u* si sarebbe potuta chiudere in fretta, pensò Bernie, sottoponendo la gente a un test di cortesia: gli scortesi sono umani, gli altri *simil-um*. Semplice. Questa è quel che si dice una battuta spiritosa, rifletté, e diede un risolino nella sua testa fredda. La caccia ai *s-u* era un'urgenza senza fretta, elettorale. E forse il Governo temporeggiava perché alla fine sarebbe stato più facile organizzare lo spegnimento della massa di *s-u* che rendere cortesi gli umani. Un altro risolino solitario.

Nessun suicidio, umano: solitudine e melanconia, a volte, non vanno assieme. È una tregua. Stava imparando, Bernie. Gli *um* provano anche paure infondate, il Governo le spande come virus. Forse le alimenta. Questo è un pensiero sovversivo, rifletté Bernie. Lo terrò per me.
Il classe B pure sorrideva, beato delle sue intuizioni sui mercati, milionario fino al capolinea. Da lì il razzo si divideva in due porzioni: una scendeva agli alloggi statali, tra le buche calcaree, l'altra prendeva quota fino alle abitazioni medio-fluttuanti. Più sopra, la pace.
Si diceva che tra i membri del governo ci fossero alcuni *simil-um*. In realtà sarebbe bastato molto meno.

II.

Rientrato in casa, non avendo esigenze particolari se non quella di caricarsi, Bernie sedeva sulla poltrona rigenerante e lasciava partire libri d'amore d'ogni tipo: recuperati di Shakespeare, Enneadi, uscite bisettimanali di affaire intergalattici proibiti. Il più seguito sulla Terra si chiamava *Io sono il tuo cuore*. Tanti Terrestri fremevano in attesa della buona novella per due settimane. Un lungo tempo. Sembrava sempre dovesse concludersi, rivelare destini. Bernie sedeva e prestava totale attenzione alla voce del proiettore: quella era la voce dell'amore. E i suoni di acque in cascate e spume, i suoni dell'amore.
Cominciò con l'intenzione di aggiornarsi, cioè di imparare l'amore, e ora Bernie aveva imparato ad amare i velolibri d'amore. Ne consumava decine per notte, rifornendosi anche al mercato nero, e al mattino si svegliava spossato. Insomma, non si svegliava, né era spossato – non poteva – ma quella era l'impressione, l'insieme degli input elettromagnetici che s'impressionava nel cranio mentre Bernie si sbarbava e vestiva. Quei velolibri valevano fino all'ultimo yola-cent. C'era poi un altro vezzo che si concedeva di tanto in tanto, in assenza di corsi d'amore: una limonata zuccherata, che sorseggiava osservando, tra le tendine del disc-o-nfort, il Distretto ardere nei suoi acidi.
Era buona. Beveva e si spegneva in silenzio oppure, altre volte, i suoi processi sensibili andavano in panne, in un

silenzio più forte. Si riprendeva dopo una mezz'oretta, i piedi e la moquette zuppi di una pipì scura. Rare volte, in realtà. La considerava una sua debolezza, ma una debolezza da niente. E il pensiero, l'insieme di input spinti dal clock verso la base dello spazio cranico, lo rendeva per qualche tempo *um*. Questi input Bernie non era in grado di impressionarli su niente.
Una malattia di poco conto, un liquido di scarico. Forse della sabbia di produzione. Niente che lo distogliesse dalla sua missione. Ora, spegnendosi nel posto più buio del disco, Bernie voleva a sé quel silenzio più forte. Ma non era distratto da niente. Attendeva. Si spense.

III.

Il longevo incontrato sul razzo n3w si faceva chiamare Mister Hpwelee. Morì di morte naturale un mese dopo. Secondo legge, venne smembrato e dato alle terre. Qualche notte dopo aver incrociato il tizio dei melanconici Giardini, una notte in cui Hpwelee era tutto intero e vivo, si alzò in piedi sul letto e cominciò a gridare, a ghignare e sbavare come avesse proiezioni calate da troppe ore.
— Ecco! Io non dimentico mai. Ecco ecco! — strillava. — Mi frullava per la testa!
La sua longeva, Miss Hpwelee si lasciava chiamare, sfilandosi le cuffie disse: — Taci e dormi.

— No, vecchia, m'è tornata in mente una cosa preziosa, una faccia e un indirizzo. Sono sicuro, quasi sicuro... Taci, taci cara, non sai: stai guardando un classe B con mille yola in tasca. Mille yola! Taci o prima dell'alba ti baratto con un s-u che non bruci le mie frittelle.
— Chi ti guarda.
Lui chiuse una mano, ad acchiappare il vuoto. Se la sfregò sulla pancia. Rise. Rise fino a riaddormentarsi. A colazione la signora volle spiegazioni. Era arrabbiata e curiosa dei mille yola. Lui per un po' non disse niente, poi disse che non ricordava. Un sogno. Uscito in fretta, prese la sub-art ovest nell'ora fresca prima dell'alba.
Riportò i pezzi di dialogo che ricordava; l'accento, o meglio l'assenza di accento; i tratti somatici per un ritratto; diede coordinate della fermata fluttuante; fece delazione su Bernie. Riscosse mille yola in contanti la settimana stessa, al termine di una sommaria indagine di polizia. Ventimila limonate, o diecimila limonate zuccherate, o quel che più gradiva Mister Hpwelee. Non c'era di che biasimarlo. Inoltre non ebbe tempo di spenderli.

IV.

Si spense e si riaccese tante volte quante le notti di un mese. Come altre notti di altri mesi aveva già atteso. Non gli costava fatica. Aveva tutta la pazienza. Bernie era quel che

si dice una buona risorsa, e attendeva. Poi venne l'ordine. Prese la prima corsa N3W fino al capolinea, una ionopistola con sé. Conosceva a memoria le fermate di tutti gli *um* del suo scomparto. Al capolinea fermò qualcuno e chiese informazioni per una tratta che non aveva mai preso e non avrebbe più preso. Sapeva già tutto, chiese solo per coprire il ronzio afferente dai simil-nervi, che lui solo sentiva. Sabbia. — Chieda al funzionario —, suggerì la ragazza. Quindi chiese.
— La S12E dice. Anche lei a salutare il Presidente? Viva la Grande Patria Interstellare! — fece affabile il poliziotto dietro lo schermo plastico, facendo correre lo sguardo dal soggetto all'identikit al soggetto. È lui.
— Come tutti, dal Presidente. Viva la nostra GPI! — fece eco Bernie. Non si sarebbe sorpreso se, guardandosi i piedi, avesse trovato una pozza bruna.
— Ci vado anch'io —, disse il poliziotto sfiorando il pulsante d'allerta. Ma decise di fare da sé e uscì dal tornello.
— Stacco ora dal turno per godermi la parata. La gente pensa che noi funzionari siamo persone dure, senza emozioni, e invece siamo esattamente come... ecco il nostro razzo, è già in traccia, affrettiamoci —, disse al ricercato, tenendone d'occhio mani e tasche. Lo seguivano da mesi, in attesa di questa giornata. Bernie lasciò che il compagno di festa lo seguisse due passi dietro. Avvertì pericolo e resa. Numeri mescolati. — Ok —, disse.
Il poliziotto chiese: — Lei è il serie AF2050P-A... 50?

Voltatosi, Bernie trovò il suo volto preso nel calco verde dell'oloarchivio robotico interplanetario. Per l'olo rispondeva all'87%, nonostante i bagni di fluoro, i corsi d'amore.
— Lei è il serie AF2050P-A50? — ripeté pro forma il poliziotto. Mise mano alla ionopistola d'ordinanza.
— Io sono Bernie —, ebbe il tempo di dire. Fu trafitto da ioni affini a quelli che lo avevano forgiato. E fu spento.

V.

Morirono nello stesso mese, Hpweleee e Bernie, e la vecchia Terra non cambiò in niente, per *um* e *simil-um*. Solo un po' più leggera d'ossa e simil-ossa e poi, nella stagione dei venti sismici, ancora un po' più leggera. Morirono, volarono da qualche parte, finché non furono più, in nessuna parte tracciabile a radar.

Miss Hpwelee desiderava vivere ancora un po'. Di questo tempo residuo provava a far calcoli a scadenze bisettimanali. Non era avidità, diceva tra sé. Il tempo di capirci qualcosa.

Notizia di ieri
di Carlo Zambotti

Arrivò a destinazione in orario, il suo involto blu-lavoro sottobraccio.

— Come va oggi?
— Come l'altro ieri, come dopodomani. Tu?
— Anche. Buon lavoro.
— A te.

Così salutò, come sempre a giorni alterni salutava entrando, il benvenutiere alla porta. Poi raggiunse la sua postazione, svolse il fagotto blu-lavoro sul tavolo e si mise all'opera. Otto ore dopo, gratificato e soddisfatto, si avviò verso l'uscita.

— Com'è andata oggi?
— Come ieri l'altro, come dopodomani. Tu?
— Anche. Buon riposo.
— A te.

Così salutò, come sempre a giorni alterni salutava uscendo, l'arrivederciere alla porta. Poi raggiunse la sua abitazione e si avviò verso il letto, dove si addormentò.

Otto ore dopo – era mattina – si svegliò con il consueto sorriso, prese dall'armadio l'involto azzurro-vacanza e si avviò verso la stazione. Il suo mezzo era in orario e lo portò – in orario – a destinazione. L'aria era umida al punto giusto, proprio come aveva sperato. Il gancio lo sollevò e lo depositò sul pilastro che aveva prenotato. Appoggiò a terra l'involto azzurro-vacanza, si stiracchiò e si guardò attorno, sorridente. Un mare di nebbia densa e impenetrabile circondava il suo pilastro, che era equidistante da altri otto pilastri che lo circondavano, immersi nella nebbia, ciascuno dei quali era a sua volta circondato da altri otto pilastri equidistanti fra loro, ciascuno dei quali era a sua volta attorniato da ulteriori otto pilastri piazzati alla stessa distanza uno dall'altro e avanti così a perdita d'occhio, nella nebbia. Su ogni pilastro un gancio aveva appena depositato un qualcuno con il suo involto colorato, e ognuno di quei qualcuno ora si stava guardando intorno, soddisfatto. La vacanza era iniziata.

Svolse il suo involto azzurro-vacanza e ci si allungò. Piantò gli occhi nel cielo, di un bianco perfetto e uniforme, e iniziò a respirare concentrandosi sul movimento dell'aria che entrava in lui – parte bassa dei polmoni, parte centrale dei polmoni, parte alta dei polmoni – e che da lui poi usciva. Prese dentro di sé della nuova aria – bassa, centrale, alta – poi iniziò a parlare, e contemporaneamente le voci di tutti gli ognuno iniziarono a parlare, formulando ciascuno una frase, allo stesso ritmo e volume, fondendosi in questo: — Akadem sofs a twofmesixo nerotivoljs diapostolieoliivindasfol fulmintevesara chigi sif pavementchexnjef sifcuna duck io gym regekesbend ewisol jorthugutool danske voldige —, che altro non era se non l'enunciazione della verità collettiva in quanto risultato dell'addizione dell'enunciazione contemporanea di ogni verità personale di ciascun ognuno.

Le attività previste dal programma vacanze per la giornata erano terminate, così lasciò che il suo respiro si gestisse da sé e si perse nella contemplazione del bianco del cielo, fuori dal tempo e dallo spazio e da se stesso.

Lentamente prese coscienza vaga di una voce che andava sussurrando qualcosa nella sua testa. Si scosse dalla contemplazione e aprì gli occhi per controllare di che si trattasse. Voltò la testa nella direzione da cui la voce proveniva. Il qualcuno sdraiato sul pilastro alla sua sinistra aveva la testa girata nella sua direzione, e lo guardava, e muoveva la bocca, e un sussurro giungeva fino a lui. Quel sussurro ripeteva: — La via di mezzo fra sempre e mai non è un giorno sì e un giorno no. È domani —. Lasciò che la voce ripetesse la frase più e più volte, tenendo gli occhi negli occhi di quel qualcuno che la stava pronunciando. Era una verità, quella che stava ascoltando. Non era la sua, di verità, ma era una verità. Volle rispondere. Aprì la bocca per enunciare la sua verità, ma la sua voce disse invece: — Hai ragione —. Il sussurro cessò istantaneamente. Rimasero a guardarsi negli occhi per un po'. Poi si alzarono in piedi, uno di fronte all'altro, e saltarono nella nebbia.